ひきこまり
吸《きゅう》血《けつ》姫《き》の悶々《もんもん》 8

ムルナイト帝国 七紅天《しちぐてん》
テラコマリ・ガンデスブラッド
倶楽部"結成!!
コマリのメイド
ヴィルヘイズ

アルカ共和国 大統領
ネリア・カニンガム
傭兵団"コマリ
ムルナイト帝国 第七部隊所属
エステル・クレール

「ヴィルヘイズ……、
素敵な……お名前ね……」

「え……？」

「──こうして出会えたのも素晴らしき因縁です」
旅の琵琶法師《びわほうし》
トレモロ・パルコステラ

琵琶法師《びわほうし》の奏《かな》でる音色
その響きは戦乱を招く——

ひ

Hikikomari
the Vampire Countess

ひきこまり吸血姫の悶々 8

小林湖底

GA文庫

カバー・口絵　本文イラスト
りいちゅ

0　ぷろろーぐ

天仙郷《ようせんきょう》の騒動が起きるちょっと前、三月十二日のことである。

ムルナイト宮殿『血祭の間』は、その物騒な名前に似合わず華やかに飾り付けられていた。

カラフルな魔力灯。お洒落《しゃれ》なテーブルクロスの上に並べられた料理たち。

そして正面には『Happy Birthday!!』の看板が掲げられており――

「――あの看板、コマリ様の時の使い回しですよね」

「え⁉　あ……本当だ⁉　嫌だったか……？」

「嫌ではありませんが複雑な気分です。こんなに豪華にする必要はないのに……」

ヴィルは文字通りのお誕生日席に座りながら、居心地悪そうに身じろぎをした。

そう、三月十二日は私の変態メイド、ヴィルヘイズの誕生日なのである。

私は先月のお礼も兼ねて、誕生日パーティーを開催することにしたのだった。

サプライズのつもりで秘密裏に準備を進めてきたのだが、無駄に敏感なヴィルは私の企《たくら》みに秒で気づいたらしい。やつは誕生日の一週間前から「プレゼントはコマリ様本体がいいです」と大はしゃぎしていた。

だが、いざ本番になってみると、借りてきた猫のような有様《ありさま》である。

みんなが「おめでとう」と声をかけても素っ気なく「ありがとうございます」とお辞儀をするだけ。第七部隊のやつらが切腹大道芸を披露しても無表情でパチパチと拍手するだけ。

確かにこいつは普段からクールなメイドだ。

でも長年ストーキングの被害に遭ってきた私には、彼女の些細《ささい》な変化も手に取るように分かってしまう。

「どうしたんだよヴィル。昨日まで『誕生日が楽しみです』って浮かれてたのに」

「私はてっきりコマリ様と二人きりでお誕生日会をするのかと思っていたのです。まさかこんなに大勢集めて盛大に執《と》り行われるなんて……」

「じゃあサプライズ成功だな！　みんなヴィルのことお祝いしているよ」

「それは……ありがたいですけど……でも……」

ヴィルは鳩のようにきょろきょろ辺りを見渡した。

まるで誰《だれ》かを捜しているかのような。

「どうしたの？　お前と仲良しのロロならあっちでケーキ食べてるぞ」

「違います――モヤモヤするのです。これは一介のメイドには過ぎた光栄ですよ。私はコマリ様のお身体を撫《な》で回しながら血を吸い合うだけで満足でしたのに」

「そんなことをしたら法的措置を検討《けんとう》するからな」

そこでふと気づく。ヴィルの頰《ほお》が少し赤いのだ。

こいつ、もしかして――

「恥ずかしがってるの？　たくさんの人からお祝いされて」

「…………。……私に恥じらいという感情はありません。コマリ様もよくご存知《ぞんじ》でしょう」

ヴィルはクールな雰囲気を装ってマグカップに口をつけた。

しかし第七部隊のやつらが「おめでとう！」「おめでとう！」「めでたいなあ！」と絶叫するたびに彼女の耳がどんどん赤くなっていく。

たぶん、このメイド少女は自分が物事の中心になることに慣れていないのだ。

なるほどなるほど。これは実に面白《おもしろ》いな。

「……なんですかコマリ様。そんなニヤケ顔は私のデータにありません」

「べつにぃ？　お誕生日おめでとうヴィル。せっかくなら肩の力を抜いて楽しんでくれると嬉《うれ》しいな。ほらほら、私のオススメのオムライスを食べてみてよ」

「コマリ様のくせに生意気《なまいき》ですね。口移しをしてくれるなら考えてあげてもいいですが」

「しねえよそんなこと」

「ではスプーンで食べさせてください。そうしないとパーティーを楽しめません」

何言ってんだこいつ？　赤ちゃんなのか？

「――駄目ですよヴィルへイズさん。いくら誕生日でもコマリさんに無理させるのはよくないと思います」

横から現れたのは白銀の超絶美少女、サクナ・メモワールである。

このパーティーには第七部隊以外の人たちもたくさん招待してあるのだ。

「ヴィルヘイズさんは私がさっきあげたプレゼントで我慢してください」

「サクナは何をあげたの？」

「〝もちもちクッション〟です。座るだけで疲れが取れるって評判なんですよ」

何それ私も欲しい。最近過酷な強制労働によって疲労が蓄積してるんだ。

ヴィルが「そうですね」と不満そうに呟《つぶや》いた。

「メモワール殿のプレゼントは正直非常に嬉しかったのでしぶしぶ厚く御礼申し上げておきましょう。——しかし、それとこれとは話が別なのです」

「なんでだよ。もちもちクッションで満足しとけよ」

「私はコマリ様の施しも欲しいのです。食べさせてください、あーん」

ヴィルが有無《うむ》を言わさず身を寄せてきた。

まったく呆《あき》れたメイドだな、と思いつつも私はなんとなく察した。こいつも普段の変態ムーブをかまさないと調子が出ないのだろう。つまり、これは照れ隠しのための行為。

まあ、ちょっとくらい構ってやるか。

私は諦《あきら》めてスプーンでオムライスをすくう。

そのまま雛鳥《ひなどり》のように待機しているヴィルの口元へ持っていって――

ぱくり。

「――やあヴィル。誕生日おめでとう」

聞き慣れない男性の声が耳朶《じだ》を打った。

その瞬間――「ぶふっ⁉」とヴィルの口からオムライスが飛び出して私の服に付着した。

「わあああ⁉　どうしたんだ⁉」

「げほっ、ごほっ……、どうして……お祖父《じい》様がここに……⁉」

「お祖父様？」

ヴィルが驚きに満ち満ちた目で私の背後を見つめている。

振り返ると、そこには初めて見かける背の高い老人が立っていた。スーツにシルクハットという、いかにも紳士然とした身なり。口元には莞爾《かんじ》とした笑みが湛《たた》えられている。

「初めましてガンデスブラッド将軍。いつもヴィルがお世話になっているね」

「え？　ということは……」

「私はクロヴィス・ドドレンズ。ヴィルへイズの祖父――家族だ」

「どうしてここにいらっしゃるのですか！」

ヴィルが顔を真《ま》っ赤《か》にして私の前に飛び出してきた。

私は目玉が飛び出そうになった。

変態メイドがあまりにも変態メイドらしからぬ表情をしていたからだ。

「仕事場には絶対に来ないでくださいねって言ったのに！　もう七紅天《しちぐてん》は辞めたのですから家でのんびりしていればいいでしょう⁉」

「誕生日会なのだから来て当然だ。しかし……なるほどな、普段はそういう恰好《かっこう》をしているのだね。なかなかメイド姿が板についているじゃないか」

「なっ……ばっ……このっ……」

わけの分からぬ呻《うめ》きを漏《も》らして固まるメイド。

いや誰だよお前。その表情こそ私のデータにないんだけど。

ヴィルが「コマリ様」と涙目でにじり寄ってきた。

「……これはどういう了見ですか。何故《なぜ》お祖父様がここにいるのですか」

「呼んだほうがいいかなって思ったからだよ。初めて会ったけど、すごく優しそうな人だね」

「やってくれましたねコマリ様。猛抗議をさせていただきます。今晩コマリ様の寝床に侵入して全身くまなく揉《も》み解《ほぐ》して差し上げます」

「何でだよ⁉　お祖父さんに言いつけるぞ⁉」

「⁉」

ヴィルが化石のように動きを止めた。

表情が絶望に染まる。震える唇からあふれたのは、切実な懇願《こんがん》だった。

「それは……、やめていただけると助かるのですが……」

「やめないぞ。揉み解されたらくすぐったくて眠れないからな」

「あのですね。私がそういうことをしているのはお祖父様に内緒にしてあってですね」

「？　どういう意味だ？」

「つまり……私が不埒《ふらち》な行為をしていることはお祖父様に隠してあるんです……」

不埒な行為だっていう自覚はあったのかよ。

それはともかく、絶対バレてると思う。新聞とかでもヴィルの痴漢行為は噂《うわさ》されてるし。

でもまあ、家族の前で己《おのれ》の変態性を発露するのは恥ずかしいのだろう。ピトリナと似た者同士といった感じだが……、ふむ、このメイドにも普通の感性があったとは驚きだ。

……いや、待てよ？

これってヴィルの弱みを握れたも同然じゃないか？

「はっはっは。ヴィルがきちんとお仕事できているようで安心したよ」

「ご心配は不要です。私はもう一人前の吸血鬼です」

「そうだな、ヴィルも十六歳だ。……それにしても大きくなったなあ。少し前まで一人で眠れない臆病《おくびょう》な子だったのに。雷の日なんかは私に抱きついて離れなくて困り果てたものだ」

「昔話はやめてくださいっ！　お年寄りみたいですよ」

「いいじゃないか。今日はこんなにもめでたい日なのだから」

クロヴィスはヴィルの頭をぽんぽんと撫でた。

それで完全に沸騰《ふっとう》してしまったようだ。彼女はいっそう頬を赤らめると、「お手洗いに行ってきます」と言い残して風のように去ってしまった。

隣のサクナがぽかんと口を開けている。

私も脳味噌の処理が追いついていなかった。

意外な一面にもほどがあるだろ……私の前では絶対にあんな表情はしないのに。

「すまないね、将軍。あの子は小さい頃から恥ずかしがり屋なんだ」

クロヴィスが穏やかにそう言った。

……恥ずかしがり屋？　あのメイドが？　それはどの世界線の話なんだ？

「でも第七部隊では上手《うま》くやれているみたいで僥倖《ぎょうこう》だ。将軍から見て、あの子はどんな感じかね？　あなたに迷惑をかけていなければよいのだが」

「ヴィルはよく働いてくれているよ。あいつがいなければ、私は何回も死んでいただろうし」

「そうかそうか。重畳重畳《ちょうじょうちょうじょう》」

老人の瞳《ひとみ》には優しい光が灯《とも》っている。心から孫娘のことを心配しているのだ。

なんだか羨《うらや》ましくなってしまうな。

ガンデスブラッド家は一堂に会する機会があんまりないから。

「あの子が将軍と出会うことができて本当によかった。学院でも色々あったからね、あなたが手を差し伸べてくれなければヴィルのほうこそ参っていただろう」

「私のほうが助けられてばっかりだよ。だからあいつには感謝している」

「誠実だな。それでこそ天下を一つにする大将軍だ――これからもヴィルのことをよろしく頼むよ。あの子にとっては、過去ではなく未来だけが寄る辺《べ》なのだから」

「未来？　どういうこと？」

クロヴィスは「おや」と驚いて瞬きをした。

「あの子は言ってなかったのか。ならば聞かなかったことにしてくれ」

「なんだそれ……気になるな。また私に内緒で変態的なことをしたわけじゃないだろうな」

「変態？」

「あ、いやっ、何でもないっ！　ヴィルは清楚《せいそ》なメイドだよっ！」

あいつほど『清楚』という言葉が似合わない吸血鬼はいないだろう。

だがヴィルの見栄を張りたいという気持ちはよく分かる。私だって妹の前では「数学の宿題？　小指で終わらせられますけど、何か？」みたいな態度を取ってるわけだしな。ここはあいつの隠蔽工作に協力しておいてやろう――と思ったのだが、

「はっはっは、ヴィルは将軍のことが本当に大好きなんだな。今のところは優しく受け止めてくれると助かるよ。本当に迷惑しているなら叱《しか》っておくがね」

「…………」

おいヴィル……バレてるぞ……？　いいのか……？

べつにいいか。私には関係のないことだし。

そんなこんなでヴィルの祖父、クロヴィスとの初邂逅《かいこう》は終わる。

なんか色々と衝撃の展開だったが……、とりあえず、言われた通りにヴィルと仲良くしていこう。結局、私が将軍をやっていくためには彼女が必要不可欠なのだから。

しかし私は妙に引っかかりを覚えてしまった。

「過去ではなく未来だけが寄る辺」――クロヴィスの意味深な台詞《せりふ》が頭にわだかまっている。

まあ考えても仕方ないか。後でヴィルに確認しておこう。

私はそんな感じで楽観的に考えながらオムライスに舌鼓《したつづみ》を打つのだった。

☆

「――私の目的は魔核《まかく》を破壊して常世《とこよ》への扉を開くこと。世界中の引きこもりを外に出してあげることよ！」

冬。ムルナイト帝国の騒動が鎮《しず》まって後のこと。

〝神殺しの邪悪〟は子供が悪戯《いたずら》の計画を衒《ひけ》らかすような調子でそう言った。

逆さ月は先の一件、〝吸血動乱〟で壊滅状態に陥《おちい》った。捕虜《ほりょ》となった構成員の口からアジトの所在は暴露され、各国の軍隊によって虱潰《しらみつぶ》しに調査が進められている。

現在、逆さ月としての生き残りはたったの六人しかいなかった。

スピカ。フーヤオ。トリフォン。コルネリウス。アマツ。あとは使用人が一人。

それ以外のメンバーは公権力に捕まったか、逃亡中で行方《ゆくえ》知らずか、あるいは戦いのすえ非業《ひごう》の死を遂げたかのどれかだ。

「六国《りっこく》の人々は無知なのよ」

上座に腰かけたスピカが凛然《りんぜん》とした声で囁《ささや》く。

「彼らは目に映る世界をそのまま受容して満足している。井戸のカエルたちが海の広さを知らないように、ひと夏で一生を終える虫たちが雪の美しさを訝《いぶか》るように、そこにある刹那《せつな》的な日常を楽しむばかりで前に進もうとしない。それも人間らしくて可愛《かわい》げがあるけれど、いくらか可哀想《かわいそう》だと思わない？」

「お前は私たちと会話をする気がないのか？」

トリフォンが慌てて「フーヤオ！」と窘《たしな》めてくる。

叱られる理由がフーヤオには分からない。そこのアマツだって聞いているフリをして聞き流しているし、コルネリウスにいたってはテーブルの上に原稿用紙を広げて何か書き物をしている。おひい様の戯言《ざれごと》を真面目《まじめ》に聞いているのはトリフォン一人だろう。

「――つまり皆には事情を知ってもらいたいのよ。そのほうが今後のためになるし」

「で、逆さ月の目的は何なんだ」

「魔核を壊すこと！　これは最初から主張しているけどね」

赤い飴《あめ》を口に含みながらスピカは笑う。

「そもそも魔核ってどういうモノか知ってる？　コルネリウス」

「え？　そうだなあ……一般的には『それぞれの種族に無限の魔力を与える特別な神具』ってところだろうけど」

「それは表面的な性質でしかないわ！　魔核ってのはね、大昔、私が生まれるよりも遥《はる》か前に神々が作ったアーティファクトなの！　誰かの求めに応じてどんな願いも叶《かな》えてくれる究極の物質。この世界は魔核によって創造されたって主張する人間もいたわ」

フーヤオは皿の上の油揚げをつまみながら考える。

ようするに貴重かつ強力な効果を持つお宝ということか。

「もともとの魔核は『キラキラと輝く星のような球体』。でも人の願いに応じて形状を変化させていくの。現代の魔核は国家の礎《いしずえ》としての機能を有している。六百年前に愚者どもがそう設定したからよ。だから魔核は彼らの意志に応じて今のような無限恢復《かいふく》のための道具として利用されている。歴史書を紐解《ひもと》いてみると、愚者たちは『平和を希求する願いを魔核に込めた』って書いてあるけれど、実際はそうじゃないわ――あいつらは平和なんか求めていない。常世への扉を封じたかったんだ」

話についていくのが億劫《おっくう》になってきた。小難しい理屈はフーヤオの苦手とするところだ。

しかしトリフォンだけは熱心に耳を傾けている。

「常世……、私がテラコマリ・ガンデスブラッドと戦った異界のことですか」

「その通りねトリフォン。ここは月齢がちょうど反対の世界。——六百年前は、常世へ通じる〝扉〟が各国にあったのよ。でも古《いにしえ》の愚者どもが『扉を封印したい』って魔核に願ってしまった。だから多くの人間は常世の存在を忘れて久しい」

フーヤオはムルナイト宮殿での顚末《てんまつ》を思い出す。

テラコマリのペンダントに罅《ひび》が入った際、光があふれて異界へ導かれたのだという。それは魔核に瑕《きず》が生じて扉の封印が緩《ゆる》んだことを意味するのだろう。

「つまり、魔核の現在の役割は『扉を封印すること』。人々に魔力を分け与える無限恢復の機能は副次的なものでしかないの。これにも理屈とか背景は一応あるんだけど、まあ、べつに今話すことでもないから保留にしておくわ」

頭がこんがらがってきた——そう自覚することが引き金となった。

ずょん。〝表〟が思考を放棄したので、〝裏〟の自分が浮かび上がる。

「——つまり！　魔核を壊せば常世との往来が可能になるということですかな⁉」

「そう！　私が成し遂げたかったのはそれなのよ！」

「常世に行って何がしたいんだ？　おひい様よ」

アマツが腕を組んで問いかけた。フーヤオは狐耳を立てて警戒する。常日頃《ひごろ》からトリフォンが言っている――「あの和魂《わこん》は裏切り行為を働くことがある」と。

「常世は理想郷よ。すべての引きこもりはあの世界で平和に暮らすべきなのよ」

「抽象的だな。具体的に説明してくれないとフーヤオが理解できないぜ」

「アマツ殿？　それは私を挑発しているのですかな？」

スピカが「喧嘩《けんか》はやめなさいったら」と笑う。

「この世界――仮に〝現世〟って呼んでおくけれど、現世は苦しみに満ちていると思わない？強者が我が物顔で振る舞い、弱者は道端《みちばた》の花のように踏み散らされていく。去年の六国大戦なんかがいい例よ。だから私は素質ある者――〝引きこもり〟を集めて常世に移住させる。そして争いのない理想郷を創り上げたいのよ」

「なるほど。その障害となるのが魔核というわけか」

フーヤオはアマツの表情を観察する。

新事実に驚いている、といった素振りは見られなかった。

「常世への扉は六つ。そしてそれを封印する魔核も六つ。ちなみに魔核の効果範囲はこの扉を中心として大地を覆《おお》っているから、魔核本体が移動してもズレることはない」

「扉は国の中心にあるのでしょうか？」

「そうそう。ムルナイトだったら帝都の宮殿、アルカだったら首都の旧王宮。世界にはこれら六つ以外にも扉があったりするけれど、それは雷や嵐《あらし》で無理矢理こじ開けられたものにすぎない。しばらくすると消えちゃうから、恒常的に利用できるわけじゃないわ」

「でもムルナイト皇帝を常世へ隔離しましたよね？　あれはいかなる方法で？」

「奇襲したとき吹雪《ふぶき》だったでしょ？　たまたま扉が開いたからぶち込んであげただけ」

コルネリウスが「ふむ」と興味深そうに腕を組む。

「魔核を一個破壊すれば扉が一つ開くってわけか。是非《ぜひ》研究してみたいな」

「でも一個壊しただけじゃダメよ。魔核を一つでも残しておけば、悪用する輩が必ず出てくるから。とりわけ星の連中は……」

「星？」

「……何でもないわ」

スピカが物憂《ものう》げに目を細める。

アマツが「おひぃ様、」と仏頂面で口を開いた。

「そろそろ結論を言ってくれ。お前に協力して俺《おれ》たちに何のメリットがある？」

「ふふふ――その視点は間違っているわアマツ。これは損得の尺度で測れる野望じゃない。愛の物語なのよ」

また意味不明なことを、とトリフォン以外の全員が呆れていた。

「いずれ分かるわ。私の思想に共感しうる素質を持っているからこそ、あなたたちは〝朔月《さくげつ》〟

なのよ。まあとりあえず、逆さ月の真の目的は『魔核を破壊して常世で理想郷を創ること』。今日言いたかったのはそれだけよ！――さて夕食にしましょうか」

スピカは話を切り上げてしまった。フーヤオは慌てて立ち上がる。

「おひい様！　まるで胸にしこりが残ったような気分であります。どうせなら常世についていま少し説明していただけると」

「水を与えすぎると花は枯れてしまうものよ」

またこれだ。情報を無闇《むやみ》に出し惜しみするスピカの宿痾《しゅくあ》は、逆さ月を瓦解させた原因の一つなのではないかとフーヤオは思う。

しかし黙っておこう。媚《こ》びへつらう従順な臣下を装っておくのが長生きする秘訣《ひけつ》だ。

フーヤオは腰を下ろして笑みを浮かべた。

「――委細承知いたしました！　自分の頭で考えることにしましょうぞ」

「ヒントだけあげる」

スピカは飴をゆらゆら揺らしながら嘯《うそぶ》く。

「ラペリコ王国の故郷に行ってみるといいかもね。そうすれば世界の謎《なぞ》が少しだけ分かるんじゃない？　まあ私はあなたの故郷を知らないけれど！　お土産よろしくね！」

フーヤオ・メテオライトの故郷はラペリコ王国の辺境にあった。

国境の山脈を頭上にいただく寒村で、狐の獣人たちが貧しくも牧歌的な生活を営んでいた。

正しい地名は〝ルナル村〟。

だが、この村はもう存在しない。

数年前、あれは豊穣《ほうじょう》の神に祈りをささげる祭りの前日だった。

お昼頃《ごろ》までは村人総出で賑《にぎ》やかに準備をしていた。フーヤオも家族と一緒にお供物《くもつ》用の餅《もち》を捏《こ》ねていた覚えがある。

しかし、突如として現れた吸血鬼がすべてを台無しにした。

七紅天ユーリン・ガンデスブラッド。

彼女が放った火は一瞬にして村を飲み込んだ。幼いフーヤオは村人の手で蔵に押し込まれ、祭儀用の酒樽のうしろに隠れて村が焼ける音を聞いた。やがて日が暮れる頃には鳥の声しか聞こえなくなってしまう。

蔵から出たフーヤオを出迎えたのは、無残に壊された故郷の風景だった。

焼かれた畑。煤《すす》と化した家屋。狐人たちは亡骸となって地面に折り重なっていた。

ルナル村は世にも珍しい〝魔核とは無縁の僻地《へきち》〟だ。ゆえにフーヤオの大切な人たちが戻ってくることはない。父も母も兄も、ひとり残らず死んだ。ユーリン・ガンデスブラッドのせいで。

あれ以来、フーヤオはモノクロの世界で足を止めている。

喜びもなく、悲しみもなく、無機質に刀を振り続けるだけの日々。

強さを追い求めることは芸術に似ている。

血液と悲鳴によって世界を彩《いろど》る革命活動。フーヤオが色を取り戻すためには、仇敵《きゅうてき》に復讐《ふくしゅう》を果たすしかない。そして絶対的な強者になるしかない――

(いけませぬ。それ以上考えるのは毒ですぞ)

意識の底から声が聞こえた。

〝裏〟は意外に心配性なのだ。〝表〟は雪を踏みしめながら応じる。

(分かっているさ。過去は己を発奮させる劇薬だが、心を蝕《むしば》む劇毒でもある)

(よろしい。ルナル村の現状を見ても大袈裟《おおげさ》に嘆《なげ》くことのなきように)

(今更嘆く道理があるか？　どうせ廃墟《はいきょ》だろうに)

既にいちばん近くの〝門〟から三時間ほど歩いている。

雪の白はいっそう濃度を増し、吹きつける寒風が耳を撫《な》でるたびに震えが走る。無駄足だったら承知しないからな――そんなふうに内心で悪態を吐《つ》いたとき、ふと気づく。

異様に歩きやすいのだ。よく見れば道ができている。

靴で踏み固められた雪、そして馬車か何かの轍《わだち》の跡。

(おかしい。この先には何もないはず)

(人の気配がしますな)

(どういうことだ？　……)

〝裏〟は答えない。フーヤオは常ならぬものを感じて雪道を急いだ。

葉の落ちた木々の間を駆け抜ける。分かれ道のところに見覚えのない看板が立っていた。

〈この先　ルナル村〉

記憶の中にある姿とはかけ離れていた。寒々とした集落の風景だった。

かくしてフーヤオが足を踏み入れたのは、寒々とした集落の風景だった。

だがそれは当然だ。かつてのルナル村は燃やされてしまったのだから。

「馬鹿《ばか》な……再建されていたのか……？」

茅葺《かやぶき》の家屋がまばらに建っている。フーヤオは呆然《ぼうぜん》とした気持ちで歩を進めた。

不意に、無邪気な笑い声が鼓膜を震わせた。

凍りついた畑の上で、狐耳の子供たちが雪を投げて遊んでいた。

昔日《せきじつ》の惨劇など微塵《みじん》も偲《しの》ばせない平和な風景――フーヤオは束《つか》の間《ま》我を忘れて立ち尽くす。

彼らはしばらく夢中になって雪合戦をしていた。しかし闖入者《ちんにゅうしゃ》の気配に気がつくと、ピタリと手を止めて凝視してくる。まるで余所者《よそもの》を見るかのような態度。

（――あちらですぞ。私の家は村の真ん中に建っていたはず）

〝裏〟に急《せ》かされてフーヤオは踵《きびす》を返す。

空気は冷えているはずなのに、汗が噴き出して止まらない。強者と対峙《たいじ》したときの高揚《こうよう》とも違う、圧倒的な力で打ちのめされたときの絶望とも違う。――純粋な気色悪さ。

「ここか……」

公共の井戸の近くにその建物はあった。

外観はやはり記憶の中のものとは異なる。

だが、門扉《もんぴ》に掲げられた表札を見た途端、フーヤオは立ち眩《くら》みを覚えてしまった。

〈メテオライト〉

こういう珍奇な姓を名乗っているのはフーヤオの一族以外にありはしない。

ということは。つまり。彼らは死んだはずなのに――

「おや、お客さんかい」

刀の柄に手をかけて振り返る。

フーヤオは崖から滑り落ちたような気分になった。

そこにいた男の姿が、心の古傷をしたたかに抉《えぐ》った。

「……兄さん？」

自分は死後の世界に片足を突っ込んだのではないかと思う。

しかしよく見れば違った。兄はこんな顔つきではなかった。

ただ、雰囲気が少し似ているだけだ。

「君はどちら様だい？」

「お前こそ……誰だ……？」

「僕はこの家の者さ。そう言う君はルナル村の人じゃないね？　どこかの家の親戚ってところかい？　それにしても立派な得物を持っているね、もしや王都の軍人様とか……」

粉雪がしんしんと降る。ルナル村の白がさらに濃くなっていった。

しかしフーヤオの世界は奇妙に色づいていく。

吐き気と目眩《めまい》が止まらない。耐えきれなくなったフーヤオは、口元を押さえてその場に座り込んだ。

男が慌てて肩を貸してくる。

「具合が悪いのかい？　大変だ、ひとまず温かいところへ……」

振り払う気力もなかった。頭を埋め尽くすのは戸惑いと恐怖、そして懐かしさ。

〝裏〟が呻く。

（なるほどこういうことですか。これは現実、現実ですぞ……私のルナル村は正真正銘、滅びていたのです。おひい様の事跡は破天荒《はてんこう》の極《きわ》み。私がこうして懐かしい幻影に翻弄《ほんろう》されているのも、すべて〝神殺しの邪悪〟の掌《てのひら》の上。まさに劇薬でありながら劇毒ですな）

涙を堪《こら》えているうちに、メテオライト家へと誘われた。

懐かしい故郷、懐かしい実家。姿かたちは記憶上のものとは異なっていた――しかし気配が酷似《こくじ》している。温《ぬく》もりや親しみが感じられる。モノクロの世界が色を取り戻していく。

（そうか）

おひい様は選択肢を示したのだ。

――そこに留まって平凡な娘として生きるならば、復讐心はしだいに薄れていく。世界をカラフルな桜色に彩ることができる。あなたには他の皆とは違う道が残されているの。

――さあどうする？

――真実を覆い隠してルナル村でぬくぬくと生きるか。真実にまっすぐ目を向けて私と一緒に戦うか。どっちを選んだって怒らないわよ。

（おひい様がわざわざこんな示唆《しさ》をするということは……私が追い求めている真実に価値はないということなのか……？）

ずょん。ずょん。

世界が切り替わっていく。

ルナル村を焼かれたあの日から、頭蓋骨《ずがいこつ》の内側で「ずょん」と音が響くようになった。

裏と表。善と悪。敵と味方。嘘《うそ》と真実――すべてを反転させる琵琶《びわ》の音が。

☆

常世への扉は開いてしまった。

本当はもう少し準備したかった。でも時が満ちたならば仕方がない。

やるべきことは山ほどある。
星砦《ほしとりで》の殲滅《せんめつ》。出入口の封鎖。理想郷の造営。
そして、六百年前に生き別れた友人との再会。
《季節が六二二度巡ったときにまた会いましょう。〝天上の宝石〟を傍《かたわ》らに》
彼女は未来を視《み》ることができる巫女《みこ》だった。
だからあの言葉は真実に違いない。
間もなく季節は六二二巡する。
「待っててね。私たちの願いはもうすぐ叶うわ」
血の飴を舐《な》めながら夭仙郷京師《けいし》の石畳を歩く。
部屋の中で嘆いている人たちを外に連れて行ってあげよう。
悲しみの存在しない世界で私と一緒に引きこもろう。
テラコマリに聞かれたら「お前は後ろ向きだな」と叱咤《しった》されるかもしれない。
だが、私はこれ以外に心の安寧を得る方法を知らなかった。
むしろこれこそが最上の方法なのだと確信している。
私は必ず成し遂げてみせる。
たとえ世界をひっくり返してでも。

1　常《つね》ならぬ世界の理《ことわり》

Hikikomari the Vampire Countess no Monmon

六国《りっこく》新聞　3月24日　朝刊

『魔核《まかく》崩壊　すべての神仙《しんせん》種に外出禁止令

夭仙郷《ようせんきょう》政府は23日、魔核の崩壊を発表した。原因は不明。夭仙郷および核領域に於《お》いて神仙種に対する無限恢復《かいふく》の効果が消失していることが確認されており、各地で混乱が生じている。前天子《てんし》アイラン・イージュ氏はすべての神仙種に外出禁止令を布告し、国家非常事態宣言を発令した。また紫禁宮《しきんきゅう》では魔核が崩壊したと思われる時刻に何らかの空間災害が発生したと見られ、巻き込まれた即位式の参列者が数名姿を消している。この中には新天子テラコマリ・ガンデスブラッド陛下や皇后アイラン・リンズ陛下も含まれており、夭仙郷中枢部は天地鳴動の大騒ぎだ。各国首脳部は事態を重く受け止め、京師《けいし》で臨時の〝六国会議〟が開かれることになった。神仙種の皆様は政府から発表があるまで不用意な外出を控えるように。もう死んでも蘇《よみがえ》ることはできません。』

※

「おはようございますコマリ様。本日もよいお天気ですよ」

泡のように意識が浮上する。

あれ？　私って何やってたんだっけ？

確か……天仙郷に行って。ネルザンピと戦って。リンズの命が助かって。

その後は結婚とか即位とかゴタゴタがあって、それから——

「まだお眠《ねむ》でしょうか？　では私もコマリ様のお腹《なか》を枕《まくら》にして二度目を決め込むといたしましょう……ああ柔らかい……どさくさに紛《まぎ》れて血を吸ってしまいたい……」

「どわああああああ!?」

私は身の危険を感じて打ち上げ花火のように飛び上がった。

隙《すき》を見せればすぐにこれである。

小春日和《こはるびより》のように穏やかな気性《きしょう》を誇る私でもさすがにキレちまったね。

「あっち行け!!　私の血を吸ったら一ミリリットルにつき一カ月の休暇を要求するからな!?」

「ツンデレお疲れ様です。しかし、それよりも周りが大変なことになってますよ」

「はあ？　お前の変態性以上に大変なことがあるのか……？」

ヴィルに促されて周囲を見渡してみた。

木々が生い茂る林道の光景である。春先のぬくぬくした風が吹くたびに梢《こずえ》が揺れ、心地よい葉音が鼓膜を震わせる。私は初めて自分が土の上で寝ていたらしいことに気づいた。

軍服についた葉っぱや泥を払いながら、「ねえヴィル」と声をかける。

「ここどこ？　『目が覚めたら戦場でした』とかいう、いつものアレじゃないよな？」

「ここは常世《とこよ》ですね」

「……え⁉」

「天仙郷の魔核《柳華刀《りゅうかとう》》は壊れました。そして封印されていた力が漏《も》れて私たちを常世へ誘ったのです。おそらく吸血動乱のときにムルナイト宮殿で起きた現象と同じですが、そうなるとコマリ様のペンダントは――」

脳裏《のうり》に激流のごとく記憶が再生される。

罅《ひび》の入った魔核、リンズの絶望した表情、あふれる閃光《せんこう》。

そして掃除機に吸い込まれるホコリみたいな感じで強制転移させられる私とヴィル。

そうだ、呑気《のんき》に寝ている場合じゃない……！

「――駄目ね。やっぱりこの辺りに人家はないみたい」

背後の茂みがガサガサと揺れ、ネリア・カニンガムが姿を現した。

え、ネリア？　何で？

首を傾げていると、彼女が困り果てた様子で額《ひたい》の汗を拭《ぬぐ》った。

「じっとしててもお腹が空くだけだし、移動したほうがいいかも」

「そうですか。やはりここが天仙郷であるという可能性は潰《つい》えたのですね」

「天仙郷どころか私たちがいた世界でもないみたいね。あんたが言ってた〝常世〟っていう場所で合ってるのかもしれないわ――ほらエステル、泣くんじゃないわよ」

「はい……いえ……、泣いてませんっ……」

私はびっくりしてネリアの背後に目をやった。

そこにはポニーテールの吸血鬼、エステルが立っていた。

しかし様子がおかしい。普段のエステルはもっとキリリとしているはずなのに、今は隠れん坊で置き去りにされた子供みたいな顔をしている。

ふと目が合った。まるで地獄に仏を見たかのような視線がこちらに向けられた。

「お目覚めになったのですねっ……！」

「え？　ああ、おはよう」

「閣下ぁ〜〜〜〜〜〜〜〜〜っ!!」

ずいっ、とエステルが距離をつめてくる。

目の前にうるうる潤んだ瞳《ひとみ》があった。いや本当にどうしたんだよ。エステルがそんな表情をするなんて、世界が終わる予兆としか思えないんだが……？

「私はどうすればいいですか⁉　こんなの軍学校のカリキュラムにもありませんでしたっ」

「かりきゅらむ？　何だそれ」

「異世界に転移したときに取るべき適切な行動が分かりませんっ‼」

「気に病む必要はありませんよ、エステル。誰《だれ》も分かりませんから」

「でもヴィルさんっ……！　こんなの予定表にありませんでしたし……」

「あんたはどこまでマニュアル人間なのよっ！　こういう時こそ軍人らしく臨機応変に行動しなくちゃ駄目でしょ」

エステルは「申し訳ございません……」と項垂《うなだ》れてしまった。

私は嫌な予感を覚えてヴィルに向き直る。

「……ここは本当に異世界なの？」

「おそらくは。――そこに生えている木々をご覧ください、三百年前に絶滅したはずの『アルカスギ』ですよ。翦劉《せんりゅう》たちが建材に使いまくってこの世から姿を消したはずなのですが」

「はあ……？　私たちは三百年前に来ちゃったのか？」

「分かりません。しかしアルカスギだけではないですね。たとえばそこに咲いている花なんて図鑑にも載っていませんよ。毒薬マニアとしては是非《ぜひ》採集しておきたいところです」

「閣下、上を見てください。なんか太陽が二つある気がするんですけど……」

エステルにつられて天を仰《あお》いだ。

眩《まぶ》しさに顔を顰《しか》めながら目を凝らしてみると、確かに輝く恒星が二つ並んで空に浮かんでいる。なんだあれ。私が知らないうちに太陽のやつは彼女でも見つけたのだろうか？

「気のせいですよね。私の見間違いですよね」

「そうだよ。エステルは疲れてるんだ」

「ですよね……よかったぁ！」

エステルは完全に現実逃避モードだった。

私も皆がいるから気丈に振る舞っていられるが、もし一人でこんな場所に飛ばされたらと思うと頭がどうにかなりそうだ。リンズたちが心配でしょうがない。

「ヴィル、ここにいるのは私たち四人だけなの？」

「はい。リンズ殿やメイファ殿はどこにも見当たりません。同じタイミングで魔核の光を浴びたような気がするのですが……」

「転移は色々な意味でランダムなんでしょうね」

ネリアが苦い過去を反芻《はんすう》するように語る。

「あの時、私とエステルはコマリに会うために控室に向かっていた。そしたら突然光があふれて呑《の》み込《こ》まれちゃったのよ。対象範囲にいる人間が適当に選ばれて、適当な場所に飛ばされたんでしょうね。リンズたちは常世の別の場所にいるのかも」

エステルが「そんな」と青ざめる。

「もしかして、私たちって遭難してしまったのですか……？」

「そう表現するのが妥当《だとう》かしら。帰り方が分からないわけだし」

「ちなみに【転移】の魔法石は使えませんね。魔力があっちまで届かないのでしょう」

「きゅう」

エステルはネズミみたいな悲鳴をあげてぶっ倒れてしまった。

私は彼女の介抱をしながら思考を巡らせる。

状況は理解不能。ここで「おうちに帰る‼」と駄々を捏《こ》ねても意味はないだろう。

クールになれテラコマリ・ガンデスブラッド。

天仙郷で起きた騒動の顛末《てんまつ》を忘れるな。

私は思慮の浅さによってリンズを一度失った。もっと頭を働かせていれば彼女を救う手段に思い至ったかもしれないのに、ただ闇雲《やみくも》に走るだけで何もできなかった。

華燭戦争《かしょくせんそう》の悲劇を繰り返してはならない。

私は希代の賢者。究極の頭脳と理性を持つインドア派。

この困難を乗り越えるだけの力があるはずなのだ。

「――ヴィル！　血を吸わせてくれ！」

「「「は⁇」」」

三人が目を丸くした。私は構わずヴィルの両肩に手を置いた。

「未来を視《み》るんだよ！　そうすれば何をすべきか分かるかもしれない」

我ながら名案である。烈核解放《れっかくかいほう》【パン…………名前は忘れた。けど、ヴィルの能力は状況を打破する鍵《かぎ》になるのだ。

しかし何故《なぜ》か彼女は顔を真っ赤《まっか》にしてあたふたしていた。

恥ずかしがってる場合じゃねえだろ――と思っていたら、ネリアが「ちょっと!」と割り込んでくる。

「コマリが吸う必要ないでしょ? 私が吸うわ」

「ネリアって翦劉だよね? 血を吸うとお腹を壊すぞ」

「うっ……じゃあエステル! あなたがヴィルへイズの血を吸いなさいっ!」

「恐れ多いですっ! それに軍学校の校則では不純異性交遊は禁止されていてですね……」

「異性じゃないしここは軍学校でもないっ! 吸血鬼なら容赦《ようしゃ》なく血を吸いなさいよっ!」

やはり私が吸血するしかないようだ。

ヴィルに視線を戻す。彼女は少しだけ落ち着きを取り戻したようだ。

「……つまり、私の烈核解放で今後の方針を決めるということですね」

「ああ。だから協力してくれると助かる」

「分かりました。でも改めてお伝えしておきたいことがあるのですが、」

ヴィルは頰《ほお》を赤らめながらも真剣な表情を浮かべた。

「私が観測できている範囲において、【パンドラポイズン】には二つの段階があります。一つ目は長期的な予知を可能にする〝未来視〟。そして二つ目は短期的な予知と時間差攻撃を可能にする

〝未来爆弾〟。――この二つのうち我々が現在必要としているのは前者ですが、実は『だいたい五日に一回ほどしか発動できない』という制約があるのです」

「初耳だぞ」

「以前計測してみたのですが、コマリ様にご報告するのを忘れてました。申し訳ございません」

いや、ヴィルは何も悪くない。

部下の能力に毛ほども興味を持っていなかった私自身の責任なのだ。

【パンドラポイズン】という名称さえロクに覚えていなかったのだから、もはや呆れを通り越して呵々大笑《かかたいしょう》したくなってくる。

「すまない……私が確認しておけばよかったな。もっとアンテナを張るよ」

「素晴らしい心がけです。私もコマリ様を見習って気をつけます。――話を戻しますが、つまりですね、【パンドラポイズン】を使うタイミングは熟慮すべきなのです」

「なるほどなるほど」

「それと【パンドラポイズン】で視ることができるのは、〝未来のある一点〟だけです。あまり期待されても応《こた》えられる自信はありませんね」

無敵に思えた烈核解放にも意外と制約があるということか。

でも……、そうだとしても、彼女を頼らない選択肢はなかった。

「……こういうのは最初の一歩が大事なんだ。使うなら今がいちばん良いと思う。とりあえず一週間後を視てくれないか？」

ヴィルは「承知いたしました」と神妙に頷《うなず》いた。

「それでは血を吸っていただくための心の準備をします。まずは三時間ほど瞑想することによって精神統一をひゃうんっ⁉」

私はヴィルの戯言《ざれごと》を無視して首筋に歯を立てていた。

メイドの「コマリ様っ……！」という慌てた声を無視して、ちゅうちゅう血を吸っていく。

すると視界が一気に赤く染まっていった。烈核解放【孤紅《ここう》の恤《とむらい》】――しかし私の心は穏やかな海のように落ち着いている。燃え盛る魔力があふれても暴走状態に入ったりはしない。

ゆっくりと彼女の肌から口を離す。

目の前には、顔と瞳を真っ赤にしたヴィルが立っている。

「みえた？」

静かに語りかける。

背後のネリアとエステルも固唾《かたず》を呑んで見守ってくれている。

ヴィルはしばらく沈黙していたが、やがて「ああ、」と悩ましげな吐息《といき》を漏らし、

「コマリ様は……」

赤らんだ顔がみるみる青ざめていった。

尋常《じんじょう》ならざる恐怖の気配。指先の震えが伝播《でんぱ》し、恐ろしい未来の出現を予感させる。

ヴィルは少し躊躇《ためら》ってから、信じられない予言を口走るのだった。

「一週間後……コマリ様はお亡くなりになります……私のそばで……眠るように……」

正真正銘の死刑宣告。

心の動揺が唇を震わせた。

「うそはやめろ」

「本当です」

「ほんとのことをいえ」

「本当のことは言いました」

驚きのあまり紅色の魔力も収束していく。

こうして常世の冒険は最低最悪のスタートを切るのであった。

☆

私たちの方針が決定した。

――『とにかく死なないこと』。

「あれ？　これっていつもと同じなんじゃ……？」

「同じではありません。常世はおそらく魔核の効果が及《およ》ばない場所ですから、死んでしまったら本当に死んでしまいますよ」

「どうするんだよ⁉　7日後に死ぬコマリとか冗談じゃねえぞ⁉」

常世の森の中。

私たちは暗澹《あんたん》たる気分で行軍を続けていた。

大昔に絶滅したらしいアルカスギがにょきにょきと並んでいる光景だ。

ヴィルの予知によれば、私は一週間後に死ぬらしい。詳しい状況は不明。視えたのは「ヴィルの隣で静かに息を引き取る私」だけだ。

もちろん【パンドラポイズン】は絶対ではないから、本人の行動しだいで未来はいくらでも変えることができる。……が、喉元《のどもと》に包丁を突きつけられたような気分は拭えなかった。

ネリアが「馬鹿ねえ」と呆れたように笑って言う。

「逆に考えれば、コマリは一週間後までは死なないってことでしょ？　くよくよしてても仕方ないわ。まずは森を抜けて街に辿《たど》り着くことを考えましょう」

「そうだな……うん、そうだ……」

いやでもな？　何度も言うけど未来はいくらでも変えられるんだぞ？

一週間後までは大丈夫だからって油断していたら、普通に死ぬ可能性もある。

「コマリ様？　何を拾っていらっしゃるのですか？」

「つくしだよ。今晩のおかずにできるかなって……」

腕いっぱいにつくしを抱えながら、私はぐっと涙を堪《こら》える。

うう、なんでこんなことになったんだ。

今夜はサクナと一緒に引きこもってお菓子パーティーをする予定だったのに。

「生のまま食べたらお腹を壊してしまいますよ。エステルは火炎魔法を使えますか？」

「そのことなのですが……、どうも魔法の調子がおかしいんです」

エステルが不安そうに呟《つぶや》いた。

彼女の周りには物騒な鎖、チェーンメタルが浮いている。

しかしプルプルと震動していて、今にも地面に落ちてしまいそうだった。

「何故か上手《うま》く操《あやつ》ることができません。これって……」

「魔核から魔力が供給されないからでしょ？　私の双剣にも上手く魔力が乗らないわ」

「いえ、そもそも魔力は自然界にあふれているはずなんです。だから私たちは魔核の効果範囲外でもある程度は魔法を使えます。でも、ここでは魔力そのものが感じられません……」

ネリアが渋い表情をする。

「……魔力は基本的に人間の外側からやってくる力よ。今はまだあっちの世界で供給された残りが体内にあるけれど、これが尽きたら私たちは魔法を使えなくなるかもね」

それってかなりマズいんじゃないだろうか？

つくしが食べられないどころの騒ぎじゃない。敵に襲われでもしたらダンゴムシのごとく物陰に隠れるしかないのだ。

「大丈夫ですよコマリ様」

ヴィルが突然頬擦《ほおず》りをしてきた。なんだお前。

「必ずお守りいたします。私は魔法ではなく毒物を主体とした戦法が得意ですので」

「ありがとう。だが離れてくれ、暑苦しい」

「すみません。こうしてないとコマリ様がいなくなってしまう気がして……」

「……？」

先ほど視た未来の映像が怖かったのだろうか？

あるいは変な場所に飛ばされて不安なのだろうか？

まあヴィルもまだ十六歳だからな、へたれてしまうのも無理はない。

私は「大丈夫だよ」と彼女の頭を撫《な》でておいた。

「私は死なない。ヴィルは安心して私についていてくればいいよ」

「コマリ様……！」

ヴィルは何故か目元をゴシゴシと拭っていた。

「ああ、なんということでしょう。コマリ様も成長なさっていたのですね……つい先日まで私の親指をしゃぶらないと眠れないお子様でしたのに」

「しゃぶった覚えはねえよ」

「一生おそばにいると決めました。これからは二人羽織《ににんばおり》のごとくコマリ様の背中に付着して生活したいと思います」

「ちょっと気を遣ったらすぐにこれだ！　おい離れろ、付着するなっ！」

せっかく拾ったつくしが地面にばら巻かれてしまった。

不意に風が吹き、木々がざわめく。私たちの目の前を見知らぬチョウが飛んでいった。

「待って」

先頭を歩いていたネリアが足を止めた。

餅《もち》を捏ねる手つきで二の腕を捏ねてくるヴィルに抵抗しながら私も立ち止まる。

「……どうしたんだ？　やっぱり反対方向に行く？」

「違うわ。何か音が聞こえない？」

じゃらららららん!!――金属音が響き渡った。

エステルが「わああっ」と声をあげて屈《かが》む。チェーンメタルを操る魔力が尽きてしまったらしい。これで彼女は縦横無尽に武器を振り回すことができなくなったのだ――

音。

耳をすませば確かに聞こえてくる。

風が梢《こずえ》を揺らす音。何かが砕けるような音。

そして、誰かの悲鳴。

「ッ――誰かが襲われてる！」

ネリアが剣の柄に手をかけて走り出した。

「行きましょうコマリ様」とメイドが引っ張ってくる。

エステルも親に従うカルガモのようについてきた。

木々をかき分けながら慎重に進む。物騒《ぶっそう》な音がハッキリと聞こえるようになってきた。戦場のように殺伐とした空気――どこかの誰かが戦闘を繰り広げているのだ。

ネリアが「止まって」と腕を広げた。

私たち四人は茂みに隠れて前方の様子をうかがう。

「なっ……」

木に寄りかかるようにして馬車が横転している。

そのすぐ近くに、そこらの街中にいそうな普通の女の子が座っている。身じろぎするたびに苦悶《くもん》の吐息が漏れる。よく見れば、肩口あたりに薄っすらと血がにじんでいた。

そして彼女を取り囲むのは、甲冑《かっちゅう》に身を包んだ男たちである。

まるで古典小説に登場する騎士のように時代錯誤な恰好《かっこう》。しかし彼らはフィクションではない。針のような殺意を灯《とも》らせて眼前の少女を睨《にら》みつけていた。

「あの甲冑についてる紋章……、アルカ王国のものだわ」

ネリアが目を丸くして息を呑んでいた。

アルカ王国？　それってネリアがお姫様やってた国だよな？

やっぱりタイムスリップしちゃったのか？――そんな疑念が芽生えた瞬間、

「やれるものならやってみなさい！　アルカの蛮族どもが」

傷だらけの少女が気丈に声を張り上げた。

年齢はたぶん私よりも幼い。空のような色をした青髪だ。

「私を殺せば帝国が黙ってないわ！　お前たちの家族も戦いに巻き込まれるのよ⁉」

甲冑たちは無機質な足取りでじりじりと距離を詰めていく。

「わ……分かった！　お金が欲しいのね⁉　いくらでも払うわ、だから今日は諦《あきら》めて帰りなさい！　そうすればお互い平和に」

一人がナイフを投擲《とうてき》した。

煌《きら》めく切っ先が少女の頬を滑らかに抉《えぐ》る。

私は思わず声をあげそうになった。致命傷ではない――しかし、傷口からタラリと血が垂れた。交渉の余地がないことを悟ったらしい、少女の顔がみるみる青ざめていく。

「や、やめてよ……！　こんなことをしても意味ないわ。ねえ、近づかないでっ！」

甲冑どもは一言も口を利《き》かなかった。

しかし彼らが目の前の獲物を蹂躙《じゅうりん》しようとしていることは分かる。

……なんだこれは。常世に来て早々、こんな修羅場《しゅらば》に出くわすとは思いもしなかった。

私は縋《すが》るような気分で仲間たちを振り返った。

ネリアは目を細めて何かを考え込んでいた。ヴィルは何故か空色少女を見つめて呆然《ぼうぜん》としている。エステルにいたっては涙目で「閣下ぁ……！」と縋り返してくる始末。

「どうしましょう閣下……！　あれどこの軍隊ですか？　勝手に助けに入ったら戦争になったりしませんか？　無断で戦闘を行うと帝国軍法に違反しちゃうし……」

「戦争も軍法も知ったことか！」

私は勇気を振り絞って一世一代の踏ん切りをつけた。

事情は分からない。でも野蛮な暴力を放っておくわけにはいかないのだ。

「おいお前ら！　小さい子に寄って集《たか》って何をやって――」

立ち上がろうとした瞬間である。

足が引っかかった。木の根っこに。

「どわわわ⁉」

私の身体は面白《おもしろ》いようにつんのめった。

仲間たちが「閣下⁉」「コマリ⁉」「コマリ様‼」と驚愕《きょうがく》の声をあげている。

おい。ちょっと待て。

あまりにもカッコ悪すぎだろ――絶望の渦に呑まれた直後、

ビターン‼

コミカルな効果音が反響した。

私は全員に見守られながら、地面と凄絶《せいぜつ》な抱擁《ほうよう》を交わしていたのである。

「…………」

痛みと恥ずかしさのせいで顔を上げることができない。

何だよこれ。あんなにカッコつけて飛び出したのに。黒歴史になるやつじゃん。

このまま寝たら夢ってことにならないかな？

「誰だ貴様ら！」

寝たら死ぬことが判明した。

それまで無言だった甲冑どもが、剣を抜いてこちらを睨んできたのである。というか「敵は見つけ次第斬る」みたいな感じで間髪《かんはつ》入れずに襲いかかってきたのである。

同時にネリアやヴィルの硬直も解けたらしい。

敵が攻撃を仕掛けるよりも早く、彼女たちは身を低くして疾走を開始していた。

「【尽劉《みなごろし》の剣花《けんか》】」

ネリアの瞳が紅色の燐光《りんこう》を発する。

私に向かって突貫してきた甲冑に桃色の剣閃が叩《たた》き込まれた。

それだけで敵はくぐもった悲鳴を漏らして吹っ飛んでいった。

しかし如何せん多勢に無勢《ぶぜい》。向こうは十人以上もいるのでキリがない。

私も加勢したほうがいいだろう、そう思って近くに落ちていた木の棒（武器）を拾う。しかしクナイを振り回していたヴィルが「心配無用です」と叫んだ。

「我々にお任せください。コマリ様は黙って見ているだけでいいのです」

「ヴィルヘイズの言う通りよ！　エステルを連れて安全な場所に避難して！」

ネリアに怒鳴られてハッとした。

エステルは「チェーンメタルが……チェーンメタルが……」と譫言《うわごと》のように呟いていた。

魔力がないから普段の調子で戦うことができないのだ。

「エステル！　いったん退くぞ！」

「ひ、退けませんっ！　第七部隊には『退いたら死刑』っていうルールがあるんです！」

「ないよそんなの⁉」

「いいえありますっ！　ヘルダース中尉に教わりました！」

「あいつ新人に何を教えてんだ‼」

後で説教しておこう。というかそんなルールは私がぶっ壊してやろう。

私はエステルの手を引いて岩の陰に隠れた。

表では壮絶な戦闘が繰り広げられている。ネリアが双剣を振るうたびに断末魔の悲鳴が木霊《こだま》し、ヴィルが毒の煙を撒《ま》くたびにゲロゲロと盛大な嘔吐音《おうとおん》が響く。

このまま二人に任せておけば一件落着なのかもしれない。

が、ジッとしていられなかった。何故なら私にだって戦う力はあるからだ。

「――エステル！　血を吸わせてくれ！」

「ふぇ？」

私はエステルの肩に手を置いて叫んだ。

「あんまり連続で発動させたくないけど……、でも皆が戦っているのに私だけ傍観しているなんて無理だ！　だからお願いっ！」

「な……な……、だ、ダメですっ！」

何故かエステルはイチゴのように顔を赤くして目を背《そむ》けた。

……え？　何その反応。

「閣下はそのままで十分お強いと思いますから……！」

「えっと……まあそうなんだけど、でも血を吸ったらもっとパワーアップできるんだ！」

「ダメなんですっ！　私はそういうことをしたこともされたこともなくて……」

「ぐぬぬ……」

ええいまどろっこしい！

「これは命令だ！　血を吸わせろエステル！」

「!?!?」

ビクン！　とエステルの身体が針金のように強張《こわば》った。

こういう手段はあんまり使いたくないが、命あっての物種《ものだね》なので我慢してもらうしかない。

エステルは消え入りそうな声で「承知いたしました……」と敬礼した。

上官の命令には絶対服従。そういう習性が骨の髄まで刻まれているのだろう。

ぎゅっと目が瞑《つむ》られる。私はその少し汗ばんだ首筋にロックオンして、ゆっくりと顔を近づけていき——

「——コマリ様。黙って見ていてくださいと言いましたよね」

「わあああ⁉」

私とエステルは同時に悲鳴をあげた。

いつの間にか黒いオーラをまとったメイドがそこにいた。

「ヴィル⁉　敵は⁉　敵はどうしたんだ⁉」

「敵ならとっくに掃除しました。ご覧ください」

ヴィルが顎《あご》で示す先には、無数の気絶した甲冑どもが折り重なっていた。

しかも襲われていた少女も無事だ。ヴィルのメイド服の裾《すそ》をつまみながら、私とエステルを怪訝《けげん》な瞳で見つめている。

「よ、よかったぁ！　みんな怪我《けが》はないか⁉」

「心に大怪我を負いました。私が必死で戦っている間にコマリ様は浮気《うわき》をしていたのですね。許せません、私の血も干からびるまで吸ってくださいい今すぐに」

「それどころじゃないでしょヴィルヘイズ。その子、怪我してるじゃない」

ネリアが双剣を鞘《さや》に納めながら近づいてきた。

メイドの背後に隠れて身を縮こまらせている少女に視線が集まる。

ヴィルが「あの」と困ったように声をかける。

「もう大丈夫ですよ。敵は退治しましたから。……それとも私に何かご用でしょうか？」

空色少女はずっとヴィルにくっついていたのだ。

まあ、わけ分かんねえ甲冑に殺されそうになったのだから無理もないな。

「ご、ごめんなさい」

彼女が慌ててヴィルから距離をとった。しかし視線はずっと変態メイドに注《そそ》がれている。

まるで白馬の王子様にでも出会ったかのような顔で……ん？　何その表情？

「えっと。助けてくれてありがとう……私の名前は〝コレット・ルミエール〟。あなたの名前を聞かせて……？」

コレット・ルミエールは震える声で自己紹介をした。

その視線はずっとヴィルに向けられている。しかもヴィルの手を包み込むようにして握っているではないか。変態が移るからあんまり触らないほうがいいぞ、という忠告は何故か喉《のど》に引っかかって出てこなかった。

ヴィルが珍しく気圧《けお》されながら口を開く。

「私はヴィルヘイズと申します。そこにいらっしゃるテラコマリ・ガンデスブラッド様の忠実なるしもべです」

「ヴィルヘイズ……、素敵な……お名前ね……」

コレットの瞳がきらりと輝いた。

頬に紅葉を散らしてポ～ッとヴィルの顔を見つめている。

……なんだろう？　嫌な予感がするのは気のせいだろうか？

命の危機的なアレではない。人間関係的な方向で面倒ごとが起こりそうな気配がする。

とにもかくにも——常世に来て二時間弱。

私たちはさっそく第一村人に遭遇したのである。

☆

馬車に積まれていた薬と包帯でコレットの傷の手当てをした。

やはり常世には魔核が存在しないのだ。治療道具を持ち歩いている時点で、『怪我が瞬時に回復する』なんて事態を想定していないことが分かる。

「——さて、何から話してもらおうかしら」

依然、森の中。甲冑たちはロープでぐるぐる巻きにされて木に縛りつけられている。

私たちは少し開けた場所に集まって座っていた。

「コレット……って言ったかしら？　あなたは何者なの？」

「私はただの通行人よ」

ネリアの問いに、ぶっきらぼうな答えが返ってくる。

私は少女――コレット・ルミエールを観察してみた。

あどけない顔立ちは不機嫌《きげん》そうに歪《ゆが》められている。身長は私とヴィルの中間くらいだが、年齢は私よりも下のような気がする。あの悪魔の妹、ロロッコと空気感が似ているのだ。

彼女はヴィルの隣をキープして、何故かヴィルの顔をじ～っと見つめていた。

「あの、コレット殿。そんなに見つめられても困るのですが……」

「ご、ごめんなさい」

コレットは慌てて目を逸《そ》らした。

なんだろう？　ヴィルの顔に何かついていたのだろうか？

気になってメイドを凝視してみると、やつは頰を染めて「コマリ様、そんなに見つめられたら好きになってしまいます」とほざき始めた。私は無視してネリアに視線を戻した。

「――つまりコレットは常世の住人ってわけね。そこの甲冑について何か知ってる？　どうしてアルカの紋章がついているの？　あと、どうしてあなたは襲われていたの？」

「こいつらは野蛮人よ。一人で旅してる女の子を見つけたから、襲いたくなっちゃったんじゃない？」

「旅……？　あんた『通行人』じゃなかったの？」

「……文句ある？　似たようなもんでしょ」

「文句はないけど、なんか怪しい気配がしてきたわ」

ネリアは横転した馬車にちらりと視線を向けた。

あれは甲冑たちの持ち物だろう。幌《ほろ》に〝アルカの紋章〟がついているからだ。

しかし倒れている理由が分からない。まさかコレットがやったわけじゃあるまいし――

「私が嘘《うそ》を吐《つ》いてるって言いたいわけ？　言っとくけどね、そっちこそ怪しいわ。私のこと油断させて襲おうとしてるんじゃないの？」

「コレット殿。そのつもりなら助けたりしませんよ」

「うっ……」

コレットがたじろぐ。さらにモジモジして「ごめんなさい」と頭を下げた。

ん？　なんか雰囲気が変わった？　気のせい？

「まあいいわ――疑いを晴らすために言っちゃうけどね、私たちは別の世界からやって来た異邦人なのよ。あなたに色々と聞きたいことがあるの」

「なにあんた。デタラメばっかり言って」

「デタラメではありません。突然この森に強制転移させられて困っているのです」

「そ、そうなの？　それが本当なら困ったわね……」

やっぱり気のせいではないようだ。この子はヴィルにだけやたら素直な気がする。

ネリアも状況に気づいたらしい。彼女はヴィルにごにょごにょと何事かを耳打ちした。

メイドは一瞬だけ不思議そうな顔をする。

しかしすぐに「承知しました」と頷いてコレットに向き直るのだった。

「コレット殿、差し支えなければいくつか質問させていただいてもよろしいですか」

「む……」

コレットはわずかに逡巡《しゅんじゅん》してから口を開いた。

「……分かった。助けてもらった恩もあるからね、答えられる範囲で答えてあげる」

☆

「最初にお聞きしますが、ここは〝常世〟で間違いないのですね？」

西にしばらく歩けば街に到着するという。

というわけで、私たちはコレットを先頭にして森の中を進んでいた。

横転した馬車は使えなかった。馬がどこかへ行ってしまったからだ。

コレットはネコジャラシのような植物を振り回しながら、「トコヨ？　何それ」と小首を傾げる。仕草が私よりも幼かった。それもそのはずで、彼女は十四歳なのだという。

「ここはラオット州の北のほうよ」

「ラオット州……？　失礼ですが、それはどこの国なのでしょうか」

「アルカ王国に決まってるじゃない」

殿《しんがり》として周囲を警戒していたネリアが驚いてこちらを見る。

「……ちょっと待ってコレット。ここはアルカなの？」

「はぁ？　あんた翦劉でしょ？　なんで自分の種族の総本山のことが分からないのよ」

「私はアルカ〝共和国〟の大統領よ。アルカ王国は滅びたはずだわ」

「世迷言《よまいごと》はやめてよね、アルカ王国はぴんぴんしてるじゃない。さっきの甲冑だってアルカの手先よ。あいつらのせいでムルナイトはひどい目に遭ってるんだから」

「ムルナイト……？」ヴィルが瞬く。「ムルナイト帝国も存在するのですか？」

「もちろん！　私の故郷よ……えっと、よければ後でヴィルを連れていってあげるわ」

ネリアが困ったように腕を組んで言う。

「アルカにムルナイト……他にどんな国があるの？　ラペリコ王国とか夭仙郷？」

「あんたたちって本当に何も知らないのね。しょうがないから教えてあげる――」

コレットに聞き出したことを要約すると以下のようになる。

この世界には『アルカ王国』『ムルナイト帝国』『夭仙郷』といった国々が存在する。しかしそれ以外にも『ナジッド帝国』だの『トゥモル共和国』だの、よく分からない国々が併存しているらしい。全部合わせれば国家の総数は四十にものぼるという。

「あの……、やっぱり魔法は使えないのでしょうか？　魔力がどこにもありませんよね？」

エステルが憔悴《しょうすい》した様子で口を開く。

コレットは「ばっかじゃないの」と呆れていた。

「魔法なんてあるわけないでしょ、おとぎ話じゃないんだから」

みんな一様に押し黙ってしまった。

やはり常世には魔力や魔法といった概念が存在しないのだ。

ふとネリアが溜息《ためいき》を吐いて言った。

「……仕方ないわね。魔力がもったいないけど、信じてもらうためには必要か」

「何言ってんの？」

「魔法を見せてあげるわ。――初級魔法【小旋風《せんぷう》】」

桃色の魔力がネリアの指先に集まっていく。

間もなく彼女の掌《てのひら》の上にくるくると風の渦巻きが発生した。

それは本当に些細《ささい》な魔法だ。しかしコレットにとっては爆弾が爆発《ばくはつ》したくらいの衝撃だったらしく、魚のように口を開けて固まっていた。

「私は翦劉だから魔法は苦手なんだけど……、でもこれで分かったでしょ？」

ネリアがギュッと拳《こぶし》を握る。

小さな竜巻は蠟燭の火が消えるように失せてしまった。

「異界には魔法があるの。そして魔法が使える私たちは正真正銘の異世界人なのよ」

「す……すごいっ⁉　何それ⁉」

コレットは興奮してネリアに近寄った。

「手品じゃないわよね⁉　もっかいやってみてよ！」

「駄目よ。常世には魔力がないから、無闇《むやみ》に使ってたらいざという時に困るわ」

「え～……もっと見たいのに！」

「駄目ったら駄目」

駄々っ子のごとくネリアに縋るコレット。縋られているほうも満更《まんざら》ではない顔をしている。魔法一つでこんなに喜んでもらえるのだから気分が良いのだろう。

コレットは「そっかぁ」と納得したように頷いた。

「あんた――ネリアが異世界から来たってことは分かったわ。国のことを何も知らないのも無理はないね」

「そうよ、だからコレットに色々教えてほしいの」

「うん！　教えてあげるからもっと魔法を見せてよね！」

ネリアは苦笑していた。

私も魔法を使えたらコレットと仲良くなれたのだろうか？　親指が取れるマジックを「これ魔法だよ」と言って見せたら喜んでくれるかな？　いや逆に怒られるな。

「魔法かぁ。ネリアはすごいなぁ。それ〝能力〟ってわけじゃないもんね？」

「能力？　何それ」

「あれ、知らないの？　この世には不思議な力を使える人間がたまにいるのよ。そういうのは〝能力者〟って呼ばれているわ。私は実物をほとんど見たことないんだけどね」

「んん？　魔法とは違うわけ？」

「違うと思う。発動すると目が赤く光るらしいから」

ネリアもヴィルもエステルも気づいたらしい。

それは十中八九〝烈核解放〟だろう。

ヴィルが「ふむ」と顎に手を当てて首を傾げた。

「魔法がないかわりに烈核解放が発達しているのですね。ちょっと興味深いです」

「あれ？　烈核解放って『魔核とのつながりを切断して発揮するスゴイ力』だったよな？　魔核がない場所だとどうなるんだ？　私の超パワーも自動で発動しちゃったり……？」

「いえ。おそらく烈核解放は『魔核とのパスを切断して発動する』というよりも『発動した結果として魔核とのパスが切断される』のでしょう。だから魔核のあるなしは烈核解放にそれほど影響を与えないかと思われますが……しかしそうなると……むむ……」

コレットが「何ぶつぶつ言ってんの」と呆れていた。

「よく分からないけど……魔法のことをもっと知りたいわ。私でも使えるかな？」

「魔力がないので難しいでしょうね。私たちですら常世ではほとんど使えませんから――それよりも、〝能力〟について教えていただきたいのですが」

ヴィルがコレットをまっすぐ見つめて尋ねた。

確かに常世における烈核解放の扱いは私も気になる。

「もしかして、この世界では一般的な力だったりしますか？　道行く人はだいたい能力を持っていたりとか……」

「そんなことはないわ。能力なんて、一生のうちにお目にかかれるかどうかってくらい激レアよ。身近なところだと、ムルナイト帝国の将軍はだいたい能力者だって聞いたけど……」

「ムルナイトの将軍？　私のこと？」

「誰よあんた」

「さっき自己紹介しただろ！　私はテラコマリ・ガンデスブラッドだ」

「あんたみたいな馬鹿な子供が将軍なわけないでしょ？」

「ば……ばか……？　こども……？」

こいつ……難なく一線を越えやがったな⁉

たとえ真実だとしても言っていいことと悪いことがあるだろ⁉

容赦なく擽《くすぐ》りの刑に処してやろう――そう思って一歩踏み出したのだがメイドに食い止められてしまった。お前は私の味方だろうが。反逆罪で同じ刑に処すぞ。

「あとはそうね……この世界を創ったのも能力者だって言われてるわ」

「スケールの大きな話ですね。詳細を聞かせてもらってもよろしいでしょうか?」

「もちろん!」

コレットはウキウキ気分だった。ヴィルに質問されたのが嬉《うれ》しいらしい。

私はヴィルに羽交《はが》い絞めにされているのでウキウキとは対極の気分である。

「この世界を創ったのは、六百年前に存在した最強の吸血鬼――通称『賢者』よ。彼女は能力を使って混沌《こんとん》とした世界に秩序をもたらしたの。今でも世界の中央にある〝神殺しの塔〟に住んでるらしいけど……、まあこれは迷信よ。人間が六百年も生きられるはずがないし」

「賢者? ますます私のことじゃないか?」

コレットが「ふんっ」と小馬鹿《こばか》にしたように笑った。

「こんなの初等教育で習うことでしょ? あんた学校行ってないの?」

「い……行ってたよ! こう見えても成績優秀だったんだからな!」

「口ではどうとでも言えるわね」

「うっ……」

コレットの私に対する態度はイバラのように刺々《とげとげ》しい。

仲良くできたらいいのに……と思うのだが、私自身も彼女に対して微妙に苦手意識がある。

ヴィルが「よしよしコマリ様は天才ですね」と慰めてくれた。

そんな慰め方をされても嬉しくねえぞ――と思っていたら、コレットが「ねえ」と冷ややかな声を浴びせてきた。

「……その子は何なの？　ヴィルの友達？」

「コマリ様は私の主人ですよ」

「ふ〜ん……」

ジーッと見つめられる。私が障子だったらボコボコに穴が開くほどの眼力だ。

コレットは私に嫉妬《しっと》みたいな感情を抱いているのかもしれない。それはこの子がヴィルに好意を寄せているからだろう――いや、本当にそうなのだろうか？

ヴィルとコレットはさっき出会ったばかりなのに。

まあでも、命の危機に瀕していたところを華麗に救出されれば心が動くのも無理はないか。

私の妹なんて初対面の人間に三秒で惚《ほ》れるような吸血鬼だしな。

ネリアが「それはさておき」と私の懊悩《おうのう》をサラッと流してしまった。

「ここは魔核も魔法もない常世ってわけね。しかもおかしな物理法則が働いていて、アルカ王国なんてモノが現存している。早いところ帰る方法を探さないと大変なことになるわ」

「そうですね。しかもコマリ様は一週間後に死ぬのですから」

コレットを除いた全員が重苦しい空気に包まれた。

常世。能力。賢者。魔核。魔法。アルカ王国。予告された死――そしてコレット・ルミエール。情報量が多すぎて頭が風船みたいに破裂しそうだ。

でも挫《くじ》けるわけにはいかない。なんとかして活路を見出さなければ――

「閣下。遠くで人の声がします」

それまで黙っていたエステルが耳打ちをしてくる。

しかしコレットには聞こえていたらしい。

「アルカの兵士が哨戒《しょうかい》してるんでしょ？　ここはやつらのテリトリーだからね」

「お前を捜してるんじゃないか？」

「怪しい人間は全員捕まえるつもりなのよ。特に吸血鬼のことは警戒してるみたい」

「何でだよ」

「だってアルカはムルナイトと戦争しているもの」

驚く私たちを無視して、容赦なくコレットは続けた。

「ううん、アルカとムルナイトだけじゃないわ。世界中で色々な勢力が小競り合いを起こしている。私が生まれる前からず～っと続いているらしいわよ」

常世には魔核がない。魔核がなければ核領域がない。

核領域がなければエンタメ戦争という概念も存在しない。

つまり――あるのは本物の戦いだけ。

「実は、私はアルカの翦劉たちに攫《さら》われたの。隙を見て逃げたから襲われてたのよ」

「コレット殿はムルナイト帝国に帰る予定なのですか？」

「そうよ。みんなはどうするの？」

どうするのと言われても困るんだけど。

私は思わずネリアのほうを振り仰いだ。

「……ここからムルナイトまでどれくらいかしら？」

「帝都まで最短で二週間ってところじゃない？」

戦乱の世界を生身で二週間……、正気の沙汰《さた》じゃねえ。

そういう無謀な旅を敢行《かんこう》できるのは第七部隊みたいなバーサーカー連中だけだろうに。

そもそもムルナイト帝国に行ったって元の世界に帰れるわけじゃないし――

ふと。

至近距離にコレットがいた。

何故かじっと見つめられている。

「……ど、どうした？　私の顔に何かついてるか？」

「あんたって〝宵闇《よいやみ》の英雄〟に似ている気がするわ。家名も同じだし」

「宵闇……？　また意味不明な単語が出てきたな……」

「〝宵闇の英雄〟ユーリン・ガンデスブラッド。ムルナイトを拠点にして戦乱を鎮《しず》めようとしている吸血鬼のことよ」

どくんと心臓が暴《あば》れた。

それまで雪に塗《まみ》れていた記憶が高速で蘇る。

ムルナイト宮殿での戦い。そして温泉街フレジールで聞かされた事実。

そうだ、お母さんは常世で戦っているのだ。

私はいま常世にいる。だからあの人も同じ空の下にいる――

「お、お母さんはっ！」

私は思わずコレットの両肩をつかんでいた。

「お母さんはムルナイトにいるの⁉」

「え？　お母さん⁉　もちろんムルナイトにいると思うけど……、え？　お母さん？　あんたあの英雄の子供なの……？」

「そうだよっ！　あの人は……こっちのムルナイトでいったい何をやってるんだ……⁉」

ネリアも真剣な表情でコレットを見つめている。

空色少女は「よく分からないけど」と前置きをして続けた。

「〝宵闇の英雄〟は戦争を止めるために頑張ってるって聞いたわ。たまに新聞に写真が載るわよ……戦場を転々として武力で軍隊をねじ伏せて回ってるって」

温泉街で出会った影、キルティの声が再生された。

――今の常世は一人の大馬鹿者によって戦乱の様相を呈しているんだ。

――我々は〝夕星《ゆうせい》〟と呼んでいる。

――そして夕星を常世で食い止めているのは……お前の母親。ユーリンだ。

ネリアがぽんと私の頭に手を置いた。

「――コマリ。あなたは吸血動乱で常世に迷い込んだ時、先生に導かれて元の世界に戻ってくることができたって言ってたわよね？」

「うん……」

「じゃあ私たちもムルナイトを目指さなくちゃね。先生に会えば何か分かるかもしれない」

かくして行動の指針が決まった。

七日後の死の運命を回避しながらムルナイト帝国を目指すこと。そして母親と再会して元の世界に帰る方法を見つけ出すこと。それは私には想像もできないほど困難な道のりなのかもしれない。しかし奇妙に胸が弾んで仕方がなかった。

母に会うことができる。

そう考えるだけで間欠泉《かんけつせん》のごとく勇気が湧《わ》いてくるのだ。

「ムルナイトに着いたらヴィルを私の家に招待してあげる。ネリアと、そこのエステルも寄っていくといいわ。テラコマリはどうするか迷うわね……」

「…………」

勇気が湧いてきたはずなんだけど……、なんというか。

この少女と上手くやっていけるかどうか不安だ。

1.5 反対側の論争

天仙郷京師《ようせんきょうけいし》――

アマツ・カルラは野外に設置されたテーブルについて眉《まゆ》をひそめる。

「魔核崩壊《まかくほうかい》」の報《しら》せを受けて天照楽土《てんしょうらくど》から急いでやってきた。

しかも聞いた話によれば、〝常世《とこよ》〟への扉が開いて複数人が行方《ゆくえ》不明になったらしい。

その中にはカルラの友人でもあるテラコマリ・ガンデスブラッドやネリア・カニンガムの名前もあった。というか、いわゆる〝六戦姫《ろくせんき》〟の面々は、カルラを除いて全員巻き込まれてしまったらしい。

そんな馬鹿《ばか》なと思うなかれ。

目撃者は何人もいる。そして実際に〝扉〟がカルラのすぐそばに開いているのだ。

隕石《いんせき》によって破壊された紫禁宮《しきんきゅう》の中央にその現象（？）はあった。

空間にぽっかりと開いた円形の穴。大きさはカルラを縦に三人並べたくらいだろうか。

発光していて真っ白なため、覗《のぞ》いてみても何も映らない。

ちなみに先ほどカルラは小石を投げ込んでみた。

するとと小石はそのまま扉に吸い込まれて消えてしまい、反対側を見てもどこにも落ちていなかった。おそらく常世に転送されたのだろう。

カルラは大きな溜息《ためいき》を吐《つ》いた。

本当なら嘆《なげ》いている場合ではない。しかし友人たちが消えたことに対するショックが大きすぎた。みんな無事であってほしい——そういう思いばかりがぐるぐると胸中を巡る。

「大丈夫だよカルラ様。テラコマリ先生なら無事だから……」

忍者のこはるがカルラの肩を叩《たた》いて勇気づけてくれた。

その気遣いに感謝しながら、カルラは己《おのれ》の従者を振り仰《あお》ぐ。

「そうですよね。コマリさんはちょっとやそっとじゃ死にませんよね」

「ちなみにテラコマリ先生の今日の運勢は最悪。桜翠宮《おうすいきゅう》の神祇官《じんぎかん》が占ってみたら〝スーパー大凶〟が出たんだって。外を歩いただけで爆発《ばくはつ》して死ぬ可能性が高い」

「不吉なこと言わないでくれませんか……?」

占いなんて信じないでおこう。自分の役目は現実的な対応策を練ることなのだから——そんなふうに気を引き締めながらカルラは周囲の様子を見渡した。

円卓には錚錚《そうそう》たる顔ぶれが集まっている。

ムルナイト帝国皇帝。白極連邦《はっきょくれんぽう》書記長。アルカ共和国副大統領。ラペリコ王国王子。そして天仙郷の前天子《てんし》——これから各国首脳で〝六国《りっこく》会議〟が開かれるのだ。

「――さて。それでは今後の方針を話し合おうじゃないか」

カルラの隣に座っていた金髪の吸血鬼が声をあげた。

ムルナイト帝国皇帝カレン・エルヴェシアスである。

本来場を仕切るべき夭仙郷前天子は腑《ふ》抜けた様子で椅子《いす》に座っている。魔核の崩壊や愛娘《まなむすめ》の消失がよっぽどショックだったのか、話しかけても「リンズ……リンズ……」しか言わなくなってしまった。ゆえにクジ引きで皇帝が進行役を務めることになったのである。

「魔核が壊れた後の国内処理について我々から言うことはない。何故《なぜ》ならこれは夭仙郷の問題だからだ。協力は惜しまないが、積極的に介入するつもりはない――それで問題ないかね前天子アイラン・イージュ殿」

「ああ……それは大臣たちが別のところで鳩首凝議《きゅうしゅぎょうぎ》してくれているが……リンズ！　リンズはどこへ行ってしまったんだ……はやくリンズを捜さねば……！」

「そう。それが問題なのだ」

皇帝は冷ややかな目を〝扉〟に向けて言葉を紡《つむ》ぐ。

「おそらくあの扉は異界へ通じるものに相違ない。そして魔核の崩壊とともに出現したと思われる――テラコマリ・ガンデスブラッドやアイラン・リンズはあれに巻き込まれて転移してしまったというわけだ。これを見過ごすことはできない」

「今すぐ常世への調査隊を派遣しようッ!!」

ドンっ!! とテーブルを叩いて立ち上がった若者がひとり。

ニワトリの頭をした獣人である。確かラペリコ王国の王子だったはずだ。

「我が国の大切な将軍、リオーナも巻き込まれたのだッ!! これは国家にとって重大なる損失であるッ!! 貴様らが動かぬならば俺《おれ》一人でも〝扉〟に突入して捜索してこようッ!!」

「落ち着け王子。闇雲《やみくも》に動いても仕方あるまい」

「落ち着いていられるかッ!! リオーナは私とディナーを楽しむ予定だったのだッ!! 予定を狂わせたやつは許せないッ!! この私が手ずから葬ってやるッ!!」

「私も同感ですな……」

と口を開いたのはアルカの副大統領だ。口髭《くちひげ》をたくわえた気の弱そうな翦劉《せんりゅう》。

アルカ王国時代にネリアの護衛を務めていた男だと聞いたことがある。

「ネリア殿下がいなければアルカは立ち行きませぬ。我々は王子に賛成いたします」

「だそうだッ!! 貴様らはどうするッ⁉ 俺は今すぐ常世とやらに向かう予定だがッ⁉ おいどうなんだ、さっきから扉を見つめている天照楽土ッ!!」

いきなり名指しされてビクリとしてしまった。

ニワトリが憤怒《ふんぬ》の形相《ぎょうそう》でこちらを睨《にら》みつけていた。

「貴様はどっちだッ⁉ 俺に賛成かッ⁉ 反対かッ⁉」

「いえ……私は……」

本当なら今すぐコマリやネリアのもとへ向かいたい。

でもまだ情報がなさすぎる。安易に動けば手痛い竹篦《しっぺ》返しを食らう可能性があった。

「……私は、もう少し状況を整理して考えるべきだと思います。何の用意もなしに扉に突っ込んだら無事ではすまないかもしれません」

「ッ…………‼」

ニワトリの顔が熟れたブドウのように赤黒くなっていった。

え。怖いんですけど。

「――おい従者の忍者ッ⁉　貴様はなんかよく分からんがテラコマリ・ガンデスブラッドのファンなのだろうッ⁉　主人を諫《いさ》めなくていいのかッ⁉」

「従者だから諫めない。それにカルラ様はお前のような直情型の動物は嫌い」

「ちょっとこはる⁉　何言ってるんですか⁉」

「唐揚げにして食っちまうぞとも言ってる」

「申し訳ございませんニワトリさん誤解ですのでどうかご容赦《ようしゃ》いただけると」

「俺はニワトリではないわァ――――――――――――――――ッ‼」

ニワトリは「コケコッコー‼」と叫びながら襲いかかってきた。

カルラは悲鳴をあげて逃げ惑う。バサバサと羽毛を撒《ま》き散らしながら迫りくる憤怒のニワトリ。あまりの恐怖に失神しそうになったが失神したら殺されるので必死で走る。

「やめてくださいぃ――――――――――っ!!」

「トサカに来たぜぇ――――――――ッ!!」

荒ぶるニワトリ。追われる大神《おおみかみ》。うろたえるアルカの副大統領。書記長は何故かニコニコと笑っている。前天子はテーブルに伏せて「リンズ……」しか言わない。

そしてムルナイト帝国皇帝は――

「静かにしろ王子。カルラを追いかけても物事は解決しない」

「ぐっ……」

雷鳴のような声で一喝した。

気圧《けお》されたニワトリが動きを止める。

「……そうだなッ!!　俺も冷静ではなかったッ……!!」

ニワトリは全身に冷や汗をかいて自分の席へと戻っていった。

カルラは不思議な気分で皇帝を見やった。彼女はいつになく険しい表情をしている。もしかしたらコマリ消失にいちばん気を揉《も》んでいるのはあの人なのかもしれない。

書記長が頬杖《ほおづえ》をついて尋ねた。

「――で、皇帝陛下。いったいどうするつもりなんだ?」

「有識者が来ている。彼女に意見をうかがうとしよう」

「有識者……?」

不意に風が吹いた。

皇帝は視線を背後に向けた。いったい何が起きるのか——黙って見ていると不思議なことが起きた。雲の移動によって形作られた影。それがむくむくと急成長を遂げて三次元方向に膨み始めたのである。

やがて影は人のような形をとって直立した。

カルラは息を呑《の》んだ。フレジールの紅雪庵《こうせつあん》で感じた気配と似ているのだ。

「——やかましいな。この状況でも子供のように大騒ぎか」

影から女の声が聞こえてくる。

まるで異界から届けられたかのように不鮮明な響き。

驚きの表情を見せる一同に構うことなく皇帝は紹介を始めた。

「彼女はキルティ・ブラン。先ほど朕《ちん》のもとに突然現れて『会議で事情を説明したい』と言ってきたのだ。この状況について色々とご教示してくださるらしい」

「何者なんだ？　魔法現象とも思えないが……」

アルカの副大統領が警戒しながら問うた。

「常世の住人だそうだ。朕も先ほど会ったばかりだが、身元は保証できる。何故なら常世の住人でしか知り得ない情報を持っていたからな——ちなみにうちのコマリはフレジール温泉街で彼女と遭遇している。これに関してはカルラも当事者なのではないかね？」

「はい。私は直接お目にかかったわけではありませんが、後でコマリさんから何があったのか説明していただきました。でも確か影さんはフレジールにしか出没できないのでは？」

「〝扉〟が開いたからだ」

影――キルティは断言する。

「天仙郷京師は魔核の崩壊により常世と接続された。よって私のような人間が出入りしやすくなっている」

「人間だって？　失礼だが、普通の人間のようには見えませんな……」

「私は扉を潜《くぐ》ってこっち側にやってきたわけではない。あくまで〝影〟を送り込んでいるだけであって、本体は常世にあるのだ」

コマリから聞いた。キルティ・ブランは〝抱影種《ほうようしゅ》〟なる未知の種族らしい。

その特徴は自らの分身――すなわち〝影〟を別の世界に浮かび上がらせること。

ふとカルラの頭に疑問が浮上する。

「……扉が開いたのならば、ご本人がこちらにお越しになればよいのではないですか？」

「あの扉を潜ることは自殺行為に等しい」

キルティは紫禁宮の跡地に穿《うが》たれた扉を見やる。

白い光を放つ謎《なぞ》の現象。カルラはその威容にどこか禍々《まがまが》しい気配を感じた。

「本来ならば常世の特定の座標につながっているはずなんだ。しかしあの扉を潜ったテラコマリヤネリア・カニンガム、リオーナ・フラットやプロヘリヤ・ズタズタスキーはまったく別の場所に転移したと思われる。少なくとも本来出現するはずの場所に出現していない。平たく言えば行方不明。そして生死不明でもある」

「なっ……」

ぞわりと恐怖が駆け抜ける。

影は容赦なく言葉を続けた。

「あの扉は壊れているのだ。原因は判明している――テラコマリ・ガンデスブラッドが京師に落とした隕石だ。古来より星の巡りは森羅万象《しんらばんしょう》に影響を与えると言われている。隕石衝突によって扉も歪《ゆが》んでしまったのだろうな。だからあれを潜っても無事でいられる保証はない」

大切な友人たちが藻掻《もが》き苦しんでいる嫌な光景を想像してしまった。

特にコマリは危ない。あの子はちゃんと見ていないと消えてしまう気がする。

先代の大神が夢枕《ゆめまくら》に立って囁《ささや》くのだ――「コマリさんを支えてあげてください」と。

「――何が言いたいッ⁉　捜索隊を派遣するのは不可能だということかッ⁉」

「その通りだ。あの扉を潜れば死ぬ可能性も否定できない。いたずらに捜索隊を失うのは避けたいだろう？」

「ぐッ……‼　リオーナッ……‼」

ニワトリが拳《こぶし》を握って項垂《うなだ》れる。

アルカの副大統領がハッとしてカルラを振り返った。

「アマツ様。あなたは物事の時間を巻き戻す力があるそうですが」

「はい……？」

「ネリア殿下から聞かされております。あなたならばあの扉を修復することができるのではないかと」

「そうなのかッ!?　よく分からんが是非《ぜひ》やってくれ天照楽土ッ!!」

副大統領とニワトリが期待のこもった目で見つめてくる。

さらに書記長が試すような視線で貫いてきた。

主人のわずかな怯《おび》えを察知したこはるが懐《ふところ》に手を忍ばせながら睨み返す。

カルラは思わず目を伏せた。副大統領とニワトリはいい――しかしあの蒼玉《そうぎょく》は、何か深い部分でこちらの身柄を狙《ねら》っている気配があるのだ。

「カルラ。きみに扉が直せるのかね」

「え……あ」

皇帝に声をかけられて気を取り直す。

確かに【逆巻《さかまき》の玉響《たまゆら》】なら治せるかもしれない――そう思ったのだが、〝扉〟を観察しているうちに得体の知れない無力感に苛《さいな》まれてしまった。

【逆巻の玉響】は物体の時間を巻き戻す異能。

しかしあれは物体というよりも現象に近かった。

さらに言えば――誰《だれ》かの強烈な意志力によって形成されている気配がある。

それはあまりにも鮮麗な願いの塊。見ているだけで胸焼けしそうになるほどの。

〝扉〟は烈核解放《れっかくかいほう》によって生成されたのだろうか……？

いずれにせよ今の【逆巻の玉響】では太刀《たち》打《う》ちできそうにない。

「……申し訳ございません。私ではどうにもならないかと」

場に暗澹《あんたん》たる空気が立ち込める。

コマリたちは生死不明。助けに行く方法も分からない。

前天子が「ああ……」と祈るように頽《くずお》れた。ムルナイト皇帝ですら眉間《みけん》に皺《しわ》を寄せて考え込んでしまう。ニワトリは「我慢できんッ!!　俺は行くぞッ!!」と扉に特攻して警備の兵士に止められていた。影が溜息まじりに口を開く。

「行方不明者はこちらで捜索している。自分たちで捜索隊を出したい気持ちは分かるが、あの扉が何かの拍子に直るか、自然現象的に別の扉が発生するかしない限り、こちらの人間が常世へ足を踏み入れることはできないのだ」

「そんなことはないだろう？」

冬空のように怜悧《れいり》冷徹な声が通った。

白極連邦書記長がにこやかな笑みを浮かべている。

「魔核が崩壊すると扉が開く。ならば同じ手順を踏めばいいじゃないか」

「何を言ってるんだ……?」

「壊れていない魔核はまだ五つもある」

書記長は「ピトリナ」と背後に向かって声をかけた。

やがて不服そうな顔をした蒼玉の少女が姿を現した。

「さあ卓の上に」

「しかし書記長……」

「構わない。言い出した者が旗振り役を務めるべきなんだ」

蒼玉少女――ピトリナ・シェレーピナは迷っている様子だった。

しかし書記長に「はやく」と急《せ》かされると観念したらしい。上着の内ポケットから小さなピアノの形をした物体を取り出して円卓に置いた。

黒光りする高級そうな一品。よく見れば背面にゼンマイがついている。オルゴールの類《たぐい》なのでしょうか?――そういう何気ないカルラの感想は粉々に砕かれてしまった。

書記長はこともなげに言った。

「白極連邦の魔核《氷花箏《ひょうかそう》》。これを破壊して扉を開こう。――プロヘリヤのためを思えば、この程度の損失は痛くも痒くもない」

常世《とこよ》について分かったこと。
一、魔核《まかく》も魔力も魔法も存在しない。
二、アルカやムルナイトといった大国の他にも小国が何十個も分立している。
三、それらの国々は幾つもの陣営に分かれて戦争を繰り広げている。
四、私の母はそれを食い止めるために戦っているらしい。
五、私たちは母に会うためにムルナイト帝国へ向かわなければならない。
六、私はあと六日で死ぬ（※重要）。
「――ヴィル！　このエビフライ美味《おい》しいわよ！　食べてみて」

「ありがとうございます。でも私のぶんはあるので大丈夫です」

「私のほうが少し大きいから交換してあげるわ！　はいどうぞ」

「あの……コレット殿、」

「なに？　迷惑だった……？」

「いえ迷惑ではありません。いただきます」

ヴィルはフォークで差し出されたエビフライをぱくりと食べた。

するとコレットの表情が太陽のようにぱぁっと輝いた。しかも「私にも食べさせて！」と図々しく口を開けて待機し始めるではないか。これに対してヴィルは満更《まんざら》でもなさそうに自分のエビフライをあいつの口の中に運んでいこうとして――

そこで私の理性が「もういいよ」と諦《あきら》めてしまった。

「――お前らさっきから何やってんだ⁉⁉⁉」

がたんっ、と椅子《いす》を引っ繰り返して立ち上がる。

他のお客さんが何事かと見つめてきた。

「食べさせ合う必要なんかないだろ！　子供じゃないんだから」

「べつにいいでしょ。こんなの普通のことじゃん」

「普通じゃないっ！　私とヴィルはそんなことしないっ！」

「誰《だれ》のおかげでご飯食べられると思ってるの～？　文句あるなら帰れば～？」

「うっ……」

私はスプーンを握りしめてテーブルの上を見つめた。

美味しそうなオムライスが湯気を立てている。

常世に迷い込んでから一晩――私たちはコレットの世話になりっぱなしだった。

昨日、辛うじて森を抜けた私たちは街に辿《たど》り着いた。しかし常世の通貨を持っているのはコレットだけなので、食事代や宿代はすべて出してもらう必要があったのだ。

私がベッドでぐっすり眠れてオムライスを食べることができるのは、コレット・ルミエールがいたからに他ならない。

しかし……しかしである。

コレットの行為は目に余るのだ。具体的に言うと私の専属メイドにベタベタしている。触りたければ私に許可を取るのが筋ってもんだろうに。

「コマリ様、もしかして嫉妬《しっと》していらっしゃるのですか?」

「なッ……してたまるか！　私は今オムライスを食べるのに忙しいんだ」

「私が食べさせてあげますね。はい、あーん」

ぱくり。もぐもぐ。

差し出されたオムライスのかけらを食べてしまった。

普段はこんなこと絶対しないのに……恥ずかしいから……。

ふと、コレットがすごい目つきで私を睨《にら》んでいることに気づいた。

やっぱりこいつはヴィルを狙《ねら》っているのだ。

私のもとから引き抜こうと考えているのかもしれない。

「……コレット、私はお前とも仲良くしたいと思ってるんだ」

「嫌よ！　あんたみたいなチビ」

「ち……」

こいつ、今なんて言った？

天地が崩壊してもおかしくないアルティメット級の禁句を軽々しく吐かなかったか？

いや気のせいだ。いくら無礼千万なコレットでも、そんな殺人事件に発展しかねない罵倒を真正面から叩《たた》きつけてくるはずが――

「聞こえなかった？　チビって言ったのよ。あんたは私が恵んであげたオムライスを美味しそうに食べてりゃいいのよ。ガキみたいにね」

「あ……あぁあぁ……ああああああああああああああああああああああああ!!」

「落ち着いてくださいコマリ様。私のために争わないでください」

「止めるなヴィル、私は自分のために争ってるんだ！　怒りが天変地異でカタストロフィーに達した！　こいつのエビフライを全部食べてやらないと気がすまない！」

「あんた『身長が伸びる食べ物』とか喜んで食べてそうだよね」

「あああああああああああああああああああああああ!!」

「静かにしなさいコマリ。あんまり騒ぐと敵に見つかるかもしれないわ」

ネリアが呆《あき》れた調子で私の肩を叩いてくる。

さらにエステルが「閣下は大きいですっ！　器がっ！」とよく分からないフォローを入れてくれた。〝部下に醜態《しゅうたい》をさらすのはご法度《はっと》である〟――自分自身に課した七紅天《しちぐてん》としてのプライドによって、私はギリギリ冷静さを取り戻した。

「……すまない。もう十六歳なのに大人げなかったな」

ギュッと怒りを押し殺して椅子に座る。

ふとコレットが舌を出して挑発してくるのを目にした。

涙が出そうになった。あんなやつにヴィルをとられたくない。でもあんなやつに恵んでもらったオムライスが美味しい。情けなくて全身がぷるぷる震えてくる……。

「さてコレット。作戦会議を始めたいと思うんだけど」

ネリアがコーヒーを飲みながら言った。

「私たちはムルナイト帝国へ向かいたい。そのために必要なのは一にも二にも『お金』っていうことで合ってる？」

「……そうねぇ、やっぱりお金がないと何も始まらないわ。あと関所を越えるためには身分証明書が必要って聞いたわね」

「強行突破すればよいのではないですか？」

「駄目ですよヴィルさんっ！　法律違反ですっ！」

「そうよヴィル、関所破りは死刑だから考え直したほうがいいわ。特にアルカ方面はピリピリしてるわよ。不審者を見つけたらだいたい始末するって聞いたし……」

「私たちって広義の不審者だけど大丈夫かしら？」

「正体バレたら死ぬかもね。あんたたち正式な手順で入国してなさそうだし」

エステルが目を回して皿の上の豆を数え始めた。

私も現実逃避のためにケチャップで皿に落書きをしようと思う。

「結局お金と身分証明書が必須ってわけか……ちなみに軍資金はあとどれくらいあるの？」

「え？　もうないけど」

「ん？」

「昨日の宿代と今日のお昼代ですっからかん」

「…………」

ネリアが呆気《あっけ》に取られて口を噤《つぐ》んだ。

しかしコレットは「大丈夫！」と笑みを弾けさせる。

「お金がないなら稼げばよくない？　いい場所を知ってるわ」

☆

常世の街並みは思っていたほど奇抜ではない。

私が知るアルカと大して変わらないように見える。

しかし道行く人々は翦劉《せんりゅう》ばかりではなかった。

ネルザンピみたいな不思議種族は見られないが、蒼玉《そうぎょく》、夭仙《ようせん》、獣人、和魂《わこん》と様々だ。さらにはアルカと敵対しているはずの吸血種まで闊歩《かっぽ》している。

「ここはアルカよね？　翦劉以外にもたくさんいるみたいだけれど」

「アルカの中の治外法権よ。王国政府じゃなくて、ギルドが運営している中立都市。だから私たちみたいな吸血鬼が出歩いても平気なの」

「ふぅん……？」

「着いたわ」

案内されたのは、街の中心部にある大きな建物だった。

看板には『傭兵組合』的な意味の言葉が書かれている。まあ常世の文字は私たちが使っているものと微妙に形式が違うので、合っているかどうか自信はないけど。

コレットは少しだけ躊躇《ためら》ってから扉を開いた。

間もなく私の耳朶《じだ》を打ったのは、大勢の笑い声である。

次いでお酒や料理のにおいが漂ってきた。

エステルが「何ですかここは」と眉《まゆ》をひそめる。中を覗《のぞ》いてみると、屈強な男の人たちがテーブルについて宴を催しているではないか。

私は説明を求めてコレットを見やった。

しかし何故《なぜ》か彼女はヴィルの背中に隠れてしまっている。

「コレット殿？　どうなさったのですか？　この盛り場はいったい……」

「ここは……傭兵ギルドよ！　傭兵団の管理とかしているところ」

傭兵？　まあ確かに、いかにも傭兵っぽい人たちが屯《たむろ》してるけど……。

困惑する私をよそに、ネリアが「そういうことね」と手を打って笑った。

「傭兵になれば身分証明書がもらえるんでしょ？」

「そう……そうよ！　最近は戦争の激化で戦力が不足しているらしいの。だから身元があやふやな人間でも簡単に傭兵登録できるんだって。あと仕事の斡旋《あっせん》もしてくれるらしいわ」

「なんでコレットは隠れてるんだ？」

「だって……、思ってた以上に『女子お断り』って感じなんだもん」

言われてギルド内を見渡してみた。

物騒な武器を持った男たちが大声をあげるたびにコレットがびくりと肩を震わせる。

しかし私は第七部隊で慣れているのであんまり動じなかった。

いかん。希代の賢者としてはコレットみたいに怖がっておくべきなのに。

「大丈夫ですよコレット殿。何かあったら私を頼ってください」

「ヴィル……！　ありがとう」

コレットがヴィルのメイド服にすりすりとおでこを押しつけた。

脳が破壊されそうになった。

こいつ……私に見せつけてやがる……⁉

「落ち着きなさいなコマリ。ヴィルヘイズの一番はどうせあなたなんだから」

「でも……ヴィルがコレットに優しい言葉をかけるたびに絶叫してスクワットしたくなってくるんだ。何なんだよこの不可解な気持ちは……」

「こりゃ重症ね……」

ネリアが溜息《ためいき》を吐いたとき、どこからか下卑た歓声があがった。

気づけばギルド中の視線が私たちに集中している。

「おいおい！　こいつは華やかなお客さんだな」

その中でもひときわ柄の悪そうな男がずんずんと近づいてきた。

モヒカン頭の翦劉である。しかも棍棒《こんぼう》とかハンマーとかを装備した剛健な男たちを引き連れている。どいつもこいつも明らかに人を殺してそうな面構えだった。

エステルが「うっ……」と声をあげて私の背中に隠れてしまった。

その気持ちは分かる。私だって逃げられるなら逃げたい。

でもヴィルの背中はコレットに占領されているので私が矢面《やおもて》に立つしかない。くそめ。

「みんなでピクニックか？　俺《おれ》らもまぜてくれよ」

げらげらと哄笑《こうしょう》が響く。いたるところから下品な口笛が聞こえた。

ネリアが呆れ果てた様子で一歩前に出た。

「なに？　私たちに用？」

「おー怖い怖い。そんなに警戒しなくたっていいんだぜ。ここにいる猛獣どもに食われちまわないよう俺たちがエスコートしてやろうと思ってさ」

「猛獣はあんたじゃなくて？」

「ひでぇな！　俺ほど紳士な男はいないってのに！」

数人の男たちが入口の扉を塞《ふさ》ぐ。

ギルドにいる連中は完全に獲物を見る目で私たちを睨んでいた。

え？　何この状況？　いきなり絡《から》まれてるんだけど？

「コマリ様。『髪型がモヒカンの男を殺す毒ガス』を発射してもよいでしょうか」

「やめろよ⁉　殺したら蘇《よみがえ》らないんだぞ⁉」

しかし、いつの間にか私たちは取り囲まれてしまっていた。

私は思い違いをしていたのかもしれない。

こいつらは……同じ荒くれでも、第七部隊とは何かが違う。

「何を依頼しに来たんだ？　俺たち〝ドラゴンヘッド〟が解決してやるよ。こう見えてもウチは土級の傭兵団なんだぜ？　ここらで一番強いんだ。さあ言ってみな、盗人でも殺せばいいのか？　それとも護衛？　どっちにしろ報酬はたんまりいただくけどなあ――」

「触らないで」

ぺちん。

ネリアの身体に触れようとしたモヒカンの手が弾かれる。

彼はヒュウと口笛を吹いて一歩下がった。

「おもしれー女」

「不快よ。だいたい私たちは依頼をしに来たわけじゃないの」

「あ？　じゃあ何しに来たんだ」

「傭兵になるために来たのよ」

モヒカンたちの目が点になった。タチの悪い冗談でも聞かされたような顔である。

やがて彼らは「ぶはははははははは‼」と大音声《だいおんじょう》で爆笑した。

「おいおいおい！　笑かすのはやめてくれ！　お前らみたいな小娘が傭兵⁉　わかったわかった、ウチのチームに入るか？　可愛《かわい》がってやるよ」

「ほんっとにロクでもないわね……コマリ、何か言ってやりなさい」

「へ？」

ネリアに引っ張られてモヒカンの前に立たされた。

彼らは怪訝《けげん》そうな目で私を見つめてくる。

「――なんだお前？　ケツの青いガキは家に引きこもってオネンネしてな。俺はそっちの桃色髪に用があんだよ」

……ん？　ガキ？

今「ガキ」って言ったか？　ネリアと同い年なのに？　どこを見てそう判断したんだ？

――しかし私がキレるよりも早く隣で「ぶちっ」と何かがキレる音がした。

いつの間にかヴィルが冷徹な表情でモヒカンを見上げていた。

「……モヒカン殿。こちらはテラコマリ・ガンデスブラッド七紅天大将軍にあらせられます」

「何だって？　しちぐてん？」

「コマリ様は緊張していらっしゃるようなので私が通訳いたします――『お前ら因縁つけてんじゃねえぞ。ふざけてんのか』」

おい。待て。

「『特にそこのモヒカン。黙って聞いてりゃ調子に乗りやがって。何が〝引きこもり〟だ。何が〝ガキ〟だ。私が本気を出せばお前らなんて小指一本で消し炭にできるんだよ』」

待ってくれ。そんな争いの火種を――

「『さっさと失せろ。私の目が赤くならないうちに立ち去らないとぶっ殺すぞ』――以上コマリ様のお言葉でした」

「……………………」

メイドが私のために怒ってくれたことは分かる。

でもその言い方はないだろ。なんでクールな顔なのに言動はバーサーカーなんだよ。やっぱりお前も第七部隊の一員で間違いないな――そんなふうに諦念《ていねん》じみた絶望を抱いた瞬間。

「こ……この……クソガキがぁっ‼」

モヒカンがキレた。ついでに周囲の男たちもキレた。

武器を抜かなかったのはまだ理性が残っていたからだろう。しかしうなる剛腕から渾身《こんしん》の右ストレートが繰り出された。エステルが背後で「あわわわ」と変な声を出した。私はもう駄目だと思った。とりあえずヴィルが怪我《けが》しないよう彼女の前に躍り出て――

ずょん。

何かが切り替わる気配がした。

「なっ……」

いつまで経《た》っても衝撃は訪れなかった。

恐る恐る目を開けてみると、モヒカンは拳《こぶし》を振り上げたまま写真のように静止していた。さらにその取り巻きも全身に冷や汗をかいて動きを止めているではないか。

クナイを構えたヴィルが不審そうに眉根《まゆね》を寄せた。

ふと気づく。

きらりと光る何かが見えた。

これは……糸？　部屋に鋭利な糸が張り巡らされているのか？

「――いけません。弱い者いじめをすると虫になってしまいますよ」

ずょん。ずょん。ずょん。

何かが切り替わる気配が断続している。

遅れてそれが絃《げん》を弾く音色《ねいろ》であることに気がついた。全員がギルドの奥のほうに目をやる

――何故か設《しつら》えられた天照楽土《てんしょうらくど》風の座敷。

そこに、少女が座っていた。

両目を帯のようなモノで隠している。

服装はロックな着物。しかしどこか宗教的な神秘性を備えている気がする。彼女が手を動かすたびに、「ずょんずょん」と音が鳴った。琵琶《びわ》のようなものを演奏しているのだ。

「〝骸奏《がいそう》〟……、いたのか……」

モヒカンが恐れおののいて呟《つぶや》いた。

ガイソウと呼ばれた少女は、頬《ほお》に薄紅を浮かべて微笑む。

「他者の行く手を阻《はば》むのは感心しません。やりたいことをやらせてあげればいいのです。いつ命が散らされるとも分からぬ凄惨《せいさん》な世の中なのですから……」

ただならぬ気配を感じて私は言葉をつまらせた。

ネリアもヴィルもエステルもコレットも呆然《ぼうぜん》としている。

あの人は。あの人は何か普通じゃない――そんな気がしたのだ。

☆

とりあえず、傭兵ギルドに登録することになった。

審査らしきものは皆無。名前と種族を告げるだけですんなり通ってしまった。コレットの言っていた通り、基準がゆるゆるになっているのだ。

傭兵の仕事はギルドにもたらされる依頼をこなしていくこと。

成功すれば報酬がもらえる。さらに傭兵としての級も上がっていくらしいが……まあ、この辺りは重要ではないだろう。私たちに必要なのはお金と身分証明書なのだから。

「おめでとうございますコマリ様。今日は傭兵団〝コマリ倶楽部〟結成記念日ですね」

「なんだよコマリ倶楽部って」

「我らのチーム名です。ギルドカードにもちゃんと刻まれてますよ」

「はぁ⁉」

びっくりしてカードに目を落とした。

名前の横に〈傭兵団　コマリ倶楽部所属〉と書かれているのを発見。

……なんだこれ⁉　恥ずかしいにもほどがあるぞ⁉　受付に戻って訂正してやろう、そう思って引き返した瞬間、ヴィルにガシッ！　と腕をつかまれてしまった。

「コマリ様がリーダーなのですから〝コマリ倶楽部〟が最適です。ねえエステル」

「そ、そうですね！　私はとってもカッコいいと思いますっ！」

「気を遣わなくていいぞエステル⁉　とにかくこんな名前は認めないからな！」

コレットが「そうよ！」と抗議の声をあげた。

「なんでテラコマリがリーダーなの⁉　こんなチンチクリンの雑魚《ざこ》には似合わないわ」

「私はチンチクリンじゃない‼」

「少なくとも雑魚ではありません。ちなみに傭兵団の名称を変更する際には10万ネコパかかるのでオススメしませんよ。今日の夕飯がもやし一本になってしまいます」

「とんだ悪徳商法だなっ！」

私はがっくりと項垂《うなだ》れてしまった。

くそ……どうでもいいところで妙な嫌がらせをしやがって……。

まあいいか。べつに自分から「コマリ倶楽部だ！」って名乗らなければいいんだし。

そんなふうに諦念を抱きながらギルドを出る。

すると、「ずょん」という琵琶の音が背後から追いかけてきた。

「――私はとても素敵だと思いますよ。傭兵団〝コマリ倶楽部〟。あなたの綺麗《きれい》な心にぴったりでございます」

雅《みやび》やかな声。

ハッとした。私たちをモヒカンから助けてくれた人だ。

まとう衣服はカジュアルな法衣《ほうえ》。そのポケットに両手を突っ込みながら、ゆったりと近づいてくる。帯で目の部分を覆《おお》っているため、彼女がどんな瞳《ひとみ》の色をしているのかは分からなかった。


「ほんとうに綺麗な心。近くにいるだけで穏やかな調べが聞こえてくるようです」

「何あんた。変なファッションね」

やめろコレット。失礼にもほどがあるぞ。

しかし彼女は気にした様子もなく一礼をするのだった。

「私はトレモロ・パルコステラ。余人に分かりやすく言うならば、〝骸奏〟と呼ばれる傭兵の一人。あるいは旅の琵琶法師」

トレモロはポケットから手を取り出して握手を求めてきた。

慌てて握り返す。華奢《きゃしゃ》な繊手《せんしゅ》だった。

「えっと……、さっきは助けてくれてありがとう。私はテラコマリ・ガンデスブラッドだ。トレモロのおかげで殴られなくてすんだよ」

「いえ。テラコマリさんなら私の手を借りるまでもなく窮地《きゅうち》を脱せられたでしょう」

「そんなことないよ。あのままだったら私の顔はシュークリームになってたよ」

「そうよそうよ！　テラコマリはヴィルの足元にも及《およ》ばない雑魚よ！」

おい、私の謙遜《けんそん》に便乗《びんじょう》すんなよ。事実だから何も言えないけどさ。

トレモロは「ふふふ」と頬を赤らめて笑った。

「あなたのような徳の高い人と出会えるならば憂《う》き世も捨てたものではない。袖《そで》振り合うも多生《たしょう》の縁――こうして出会えたのも素晴らしき因縁です。きっとまたお会いましょうね」

「あっ……」

不意に手が解《ほど》かれる。彼女は踵《きびす》を返すと、しずしずとした足取りで去っていった。

……なんだか不思議な空気の人だったな。

ビワホウシって楽器を演奏する人だっけ？　今度じっくり聞いてみたいな――と思っていたら、ヴィルが「コマリ様」と真剣な表情で囁《ささや》いてきた。

「気をつけてください。ああやって意味深に登場する手合いは常軌《じょうき》を逸《いっ》した悪人である可能性が高いですから。具体例としては天仙郷《ようせんきょう》のお店で遭遇したネルザンピとか」

「失礼だな。トレモロは私を助けてくれたのに……」

しかし、ある程度は注意しても損はないのだろう。

楽観的な思考のせいで私はこれまで痛い目を見てきたのだから。

※

〝骸奏〟トレモロ・パルコステラはポケットに手を突っ込みながら路地を歩く。

頭に反響するのは先ほど出会った少女たちの声。

特に、テラコマリの温《ぬく》もりはトレモロの心に深く響いていた。

あれが強大な意志力を持っているのも頷ける。

だが――それとは別の問題がトレモロの意識に引っかかっていた。

ギルド職員との会話を盗み聞きしていたので、彼女たちの名前は把握している。

テラコマリ。ネリア。エステル。ヴィルヘイズ。

そしてコレット。……コレット・ルミエール。

「無事で何より。わざわざアルカの護送車を狙った甲斐もあった」

トレモロは法衣の内側から一枚の新聞を取り出した。

大きな見出しには『アルカ・ムルナイト間に亀裂』と書かれている。やはり戦乱は深まるばかりのようだ。

コレットはアルカに捕らわれていた。

それを密《ひそ》かに救出し、さらに旅の資金までこっそり置いてきたのがトレモロなのだ。

ここまでこっそりと尾行してきた。だが、あの優しそうな吸血鬼の庇護《ひご》下に入ったのならば心配はいらないだろう。自分は世界をより良くするために別の仕事を始めるべきだ。

そこでふと人間の気配を感じた。

路地裏から大勢の男たちが姿を現す。先ほどギルドに屯していた傭兵連中だ。

中にはテラコマリに喧嘩《けんか》を売っていたモヒカンの姿もあった。

「――おい〝骸奏〟。よくも恥をかかせてくれたな」

モヒカンは抜き身の武器を構えて睨んでくる。

嗚呼《ああ》。この世はまさに憂き世。

国同士の争いのせいで多くの人間が悲しんでいる。多くの人間が非業《ひごう》の死を遂げる。

トレモロが願ってやまない〝心の綺麗な者しかいない世界〟からは程遠い……。

「てめえをぶっ殺す。俺たちは実力的にはてめえらより遥《はる》かに格上なんだ」

「そうだそうだ！　これからは俺たち〝ドラゴンヘッド〟の天下だ！」

「〝星砦《ほしとりで》〟の時代は終わったんだよ」

〝星砦〟。

常世に十三個しかない月級傭兵団の一つである。

トレモロ・パルコステラはそのメンバーなのだった。

ゆえに下剋上《げこくじょう》を狙った傭兵から命を狙われるのも日常茶飯事《にちじょうさはんじ》。

しかし今回のこれはあまりにも――

「嗚呼……世俗に固執《こしつ》するか。なんと浅ましき」

「わけ分かんねえこと言ってんじゃねえ‼　ぶっ殺してやるッ‼」

「では滅ぼす必要がある。それが〝夕星《ゆうせい》〟のため」

「は？――」

ずょん。ずょん。

軽く糸を引いてやる。それだけでモヒカンはバラバラに切り裂かれて地面に落ちた。血飛沫《ちしぶき》を撒《ま》き散らしながら事切れる仲間の死体を見た男たちは我を忘れて立ち尽くす。しかしすぐに彼我《ひが》の距離を理解したようだ。彼らは虫のように這《は》いつくばって逃げ出した。

「憂き世も捨てたものではないと思いましたが――やはり期待はできませぬ」

トレモロはさらに糸を引いた。

悲鳴が轟《とどろ》く。男たちが分解されていく。血肉が飛び散って石畳を薄汚く彩《いろど》った。

一人たりとも逃がしやしない。

心の汚い人間は死ぬべきだから。

※

「くそ……なんて頑固な汚れなんだ……」

私は巨大な窓をフキフキしていた。

雑巾《ぞうきん》はすでに真っ黒。屋敷の子供たちがイタズラで落書きをしたらしいのだ。

常世に来て三日目――つまり死の運命まであと五日。

傭兵団〝コマリ倶楽部〟は「火級」、つまり最低のランクである。

火級が受けられる仕事は細々《こまごま》とした雑用ばかりのようで、私は街の偉い人の屋敷でメイド服を着てお掃除することになった。

なったのだが――なんだこの仕事は？　あまりにも重労働すぎないか？　バケツを何度も運んだせいで腕がぴくぴくと痙攣《けいれん》している。これって絶対筋肉痛になるやつじゃん。七紅天以外の職業には初めてチャレンジしてみたけど、まさかメイドの業務がこんなに大変だったなんて。今度からヴィルのお仕事を手伝ってあげよう。

……ちなみに、そのヴィルはネリアと一緒に盗人退治の依頼を受けている。メイドの仕事は三人までしか枠がなかったので、私とコレット、エステルが応募することにしたのだ。

「――おやガンデスブラッドさん。ご苦労様」

不意に好々爺《こうこうや》然とした翦劉に声をかけられた。

この屋敷の主であり、依頼主だ。

「すまないねえ。広くて大変だろう？」

「大丈夫だ……です。忍耐力には自信があります」

「はっはっは。それは頼もしいな。――実はうちも人材不足で困っているんだよ。よければ正式なメイドとして雇われてみないかい？」

「え？　それはちょっと……考えておきますけど……」

「まあ無理にとは言わん。近頃《ちかごろ》は戦乱がひどいからねえ。アルカの軍勢は中立地域まで侵食してくる勢いさ。雇っていた使用人たちは皆恐れて故郷に帰ってしまったよ――」

老人曰《いわ》く、ムルナイトとアルカの戦争は激化の一途をたどっているらしい。関係ない街にまで戦火が及んでいるだとか、政府から戦争税の取り立てがひどくなっているだとか、国内のいたるところに難民があふれているだとか――どうやら常世は私たちが思っていた以上に危険な状況のようだ。

「この街にいても絶対に安全とは言い切れない。ガンデスブラッドさんも身の危険を感じたらすぐに逃げるんだよ。窓拭《まどふ》きなんか後回しでいいからね」

それだけ言って老人は去っていった。

身の危険どころか私は五日後に死ぬんだけどな。

いったいどうしたものやら――私は戦々恐々《せんせんきょうきょう》としながら窓拭き掃除を再開した。

そのとき、庭のほうから「アアア疲れたぁっ！」という絶叫が聞こえた。

「何よこれっ！　思ってたより百億倍くらい重労働なんだけど⁉」

コレット・ルミエールが枝切りハサミを放り投げて地面に座り込んでいた。

あの少女は庭の手入れを任されたのだ。しかし彼女が整えていたと思われる生垣《いけがき》は、まるで寝起きのネリアみたいに（つまりひどい寝癖《ねぐせ》頭みたいに）ボッサボサになっていた。

大丈夫なのかあれ？　むしろ弁償を要求されたりしないよな？

「我慢してくださいコレットさん。私たちは協力してお金を稼ぐ必要がありまして――って何ですかこれ⁉　生垣が鳥の巣みたいになってる⁉」

資材を運んでいたエステルが、びっくり仰天して声をあげた。

コレットは「うっ」とばつが悪そうに目を逸《そ》らす。

「ちょっと手が滑ったのよ。やったことなかったし……」

「やったことないなら言ってくださいっ！　ああああ……はやく何とかしないと……ひとまず私が整えますから、あなたは閣下のお手伝いをしてください」

「はーい……」

不服そうなご様子である。

彼女はそのまま私の近くまで歩いてきた。

「コレットって意外と不器用なんだな」

「何よチビ。あんただってロクに窓拭きできてないじゃん」

「チビじゃないし窓拭きもちゃんとやってるよ！　ご苦労様って褒められたもん！」

「それ褒められたうちに入らないよ。あーあ……私もヴィルと一緒がよかったなあ～」

コレットは地面に落ちていた雑巾を拾ってバケツに放り投げる。

汚水でびちゃびちゃになったそれを容赦《ようしゃ》なく窓に叩きつけた。

「おいやめろ。ちゃんと絞れ。あとそこは私が綺麗にしたところだ」

「え？　そうなの？　掃除って難しいわね」

私は溜息を吐いてしまった。

「……お前ってお嬢様なのか？　家の掃除もメイドさんにやってもらってたタイプ？」

「まあお嬢様っていえばお嬢様ね。生まれは平民だけど、紆余曲折あってルミエール家の養子になったわけだし」

「んん？　ルミエール家っていうのは貴族か何かなの？」

「貴族じゃないわね……でもムルナイト帝国でも特別な〝巫女姫〟の家系よ。未来視とか占術とかを駆使して帝国を支えてきたの。六百年くらい前から存在しているらしいけど、詳しいことは分からん」

……巫女姫なんてモノは私が知るムルナイト帝国にはいなかったぞ？

しかし何となく重要情報の気配がする。詳しく掘り下げてやろうじゃないか――そう思ったのだが、コレットが先に「ねえチビ」と話題を変えてしまった。

「あんたってヴィルのこと好きなの？」

「は……？」

私はちょっと戸惑ってから答えた。

「好きといえば好きだけど……」

「いつからヴィルと一緒にいるの？」

「えっと、あいつが初めて私の部屋にやって来たのは……去年の四月だったな?　実はそれより前にも学院で顔を合わせてたんだけど……それがどうしたんだ?」

「ふーん」

コレットは雑巾を絞りながら意味深な表情を浮かべている。鈍い私には彼女の胸中を推《お》し量ることができない。やがて「あのね、」と静かに言葉が紡《つむ》がれた。

「私には幼馴染《おさななじみ》がいたのよ」

「そうなの?」

「うん。その幼馴染の名前が『ヴィルヘイズ』」

私は一瞬だけどきりとした。

しかし『ヴィルヘイズ』という名前はそれほど珍しくない。ムルナイトの古い言葉では〝天上の宝石〟を意味するらしいから、女の子に人気だったりする。

「へ、へえ。コレットの幼馴染のヴィルは、どんな子だったの?」

「優しい子だった。あと内気で引っ込み思案だったわね。私がついていてあげないとダメダメだったのよ。一番の親友だったわ……でも、村に戦火が及んで生き別れになっちゃったの」

「え……」

「どこの軍隊か知らないけど、いきなり村を攻めてきたのよ。家が壊されて、人々は散り散りになった。あの日はすごい雷雨だったから、行方《ゆくえ》不明者も大勢出たわ。その中にヴィルも含まれていて……あれから私はずっとヴィルのことを捜していて……」

コレットは何故か懺悔《ざんげ》するように口を噤んだ。

窓拭きに集中できない。いきなりダンベルよりも重い話題をぶっ込まれたからだ。

「……それって、いつの話？」

「六年くらい前」

コレットは溜息を吐いて青空を仰《あお》いだ。

「この六年間、手がかりが一つもなかったのよ。もう神隠し以外に考えられないってくらい捜したんだけど……、だからこそ森でヴィルに出会ったとき、死ぬほどビックリしたわ」

「あのヴィルは、コレットの幼馴染のヴィルじゃないぞ？」

「分かってるわ。性格が全然違うし、髪の色も違うし、おっぱいがでかいからね。……そして何より、私のことを全然覚えていなかった」

「………」

「でも一縷《いちる》の望みに縋《すが》りたくなる気持ちは分かるでしょ？　見た目の違いは成長ってことでナントカ言い訳できるし、あとは……あの子、記憶喪失だったりしない？」

そんな話は聞いたことがない。

「いいや。……だいたい、あいつには家族がいるんだぞ？」

「そうだよねえ、そんな都合のいい話はないよねえ」

コレットは口笛を吹きながら窓掃除を再開する。

私は何故か胸騒《むなさわ》ぎを覚えた。

ヴィルがコレットの幼馴染である可能性はあるのだろうか？

ない……と思う。だってヴィルにはお祖父《じい》さんがいるのだから。

「……コレットがヴィルにベタベタするのは、幼馴染の面影があるからなの？」

「それもあるけど、ヴィルが好きだからよ」

「あいつのどこがいいんだ？」

「私を暴漢から助けてくれたのよ？　その後も何かと私に気を遣ってくれるし、あんな優しい人には会ったことがないわ。――それにあのクールな表情！　とってもカッコいい」

「いや……水を差すようで悪いが、あいつは変態だぞ……？」

「何言ってんの？　変態はあんたでしょ、ヴィルにメイドの恰好《かっこう》させて喜んでるんだから」

「はあ⁉」

「ヴィルにこれ以上変態がうつらないように、私が横取りしてあげるわ！　あんたのメイドじゃなくて、私の友達になったほうがヴィルのためだからね！」

「ふざけんな！　あいつはうちで雇ってるメイドなんだぞ！」

「あっそ。でもヴィルの居場所は、ヴィル自身が決めることよ」

私は「うっ」と言葉をつまらせてしまった。

以前スピカにメイドを横取りされたことはあるが……今回は微妙に違う。スピカのあれは私を追いつめるための策だったわけだが、コレットの場合は本人がヴィルを欲している。

そして、こいつにはそれを実現するだけの熱意と力がある……、気がする。

今のところは何の根拠もないけれど。

結局、私は謎《なぞ》の悶々《もんもん》を解消できないまま掃除に取り掛かるのだった。

……とりあえずコレットは引っ込んでいてくれ。お前がいると汚れが広がるだけだから。

☆

本日の仕事は終了。日が暮れると街は静かな闇《やみ》に包まれた。

魔法のない世界では魔力灯といった設備も存在しない。かわりに月と星が異様なほど煌《きら》めいていた。太陽が二つも存在しているせいかもしれない。

とはいえ、夜中に外を出歩いて遊ぶお金はないのだ。

休息を取って英気を養うことだけを考えればいい。

というわけで――

「あああああ……全身に染《し》みる……生き返る……」

私は肩までお湯に浸かりながら、大きな溜息を漏《も》らした。

　ネリアが「お風呂《ふろ》に入りましょう！」と提案したのだ。なんでも宿屋の浴場は無料で利用できるらしい。過酷な労働によって疲労困憊《ひろうこんぱい》していた私にとっては天啓、もはや皆の前で裸になるのが恥ずかしいなどとは言ってられなかった。

「働いた後の湯は格別だな……、まるで脱皮する時のセミのような気分だ……」

「コマリ様、お疲れのようなので胸のマッサージをしてあげますね」

「ド直球のセクハラやめろ‼」

　揉《も》もうとしてくる変態メイドから慌てて距離を取る。

　例によって油断ならない輩だ。私の安全地帯はもはやエステルのそばしかない。

「あの……閣下？　私に何か……？」

「エステルはこの場で唯一マトモだ。だからエステルと一緒がいい」

「こ、光栄ですっ！　ご一緒させていただきますっ！」

　エステルはカチコチになってしまった。

　あれ？　もしかして気を遣わせてしまっただろうか？　緊張をほぐすために私がマッサージをしてあげようかな――と思っていたら、ネリアが「さて」と口火を切った。

「今日の稼ぎはまずまずってところね。この調子で三か月働けば旅費が確保できるわ」

「三か月⁉　そんなに窓拭きしたくないぞ⁉」

「やろうと思ってもできませんよ。コマリ様はあと五日で死にますからね」

「ぐぬぬ……」

そうだ、死が迫っているという問題もあるのだ。

私は無事にお母さんに会うことができるのだろうか。

「このままじゃ埒《らち》が明かない。ちまちま傭兵の仕事をこなしていても、元の世界に帰れるわけじゃないしね。だから夜が明けたらこの街を出ましょう」

「出る？　お金ないのに？」

「ギルドから借りてきたのよ。私の双剣を見せたら『これを担保にしてもいい』って目の色を変えてたわね」

「ちょっと待てよ⁉　双剣ってネリアの大切なものじゃ……」

桃色少女はくすりと口元を綻《ほころ》ばせた。

「あんたって本当に優しいわよね。でも期限までにお金を返せれば、双剣を引き渡す必要はないのよ。心配するようなことじゃないったら」

「そうかもしれないけど……何もできない自分が情けない……」

「じゃあ私のメイドやってよ。コマリは私の妹だから妹メイドね」

「恥ずかしいから遠慮しておこう」

いつから私はお前の妹になったんだ。

とにもかくにも、これで金銭的な問題はある程度解決したらしい。

なんだか問題を先送りにしているだけの気もするけど、考えても仕方ないだろう。

私たちは一刻も早く〝宵闇《よいやみ》の英雄〟に会わなければならないのだ。

……ムルナイトに着いたらどうなるのだろうか？

お母さんに会えるのは嬉《うれ》しい。元の世界に帰れる（かもしれない）のも嬉しい。

でも、私の心には二つの心配ごとが吹き溜《た》まっていた。

一つは死の運命。

もう一つはコレットの「ヴィルを横取りする」宣言だ。

このうち血眼になって解決するべきなのは、明らかに前者である。

しかし私は後者の問題でモヤモヤしていた。

ただの勘だが、コレットを放置しておくのはまずい気がする……。

「――コマリ様？　どうなさったのですか？」

いつの間にかヴィルに見つめられていた。

私は慌てて視線を逸らす。

「何でもないっ！　お前が変態行為を働かないか警戒していたんだ」

「つまり私が恋しくなってしまったのですね。コマリ様が寂《さび》しくて泣いてしまうといけないので今日は一緒のベッドで寝ましょうね」

「おいくっつくんじゃねえ！　エステル頼んだ！　エステルバリアだ！」

「ふぇ⁉　閣下⁉　あ……あの……、」

「なんですかエステル。まさか私とコマリ様の睦《むつ》みを阻むおつもりですか」

「そんなつもりは一切《いっさい》ありませんっ！　でも公序良俗の問題というモノがあってですね……さすがにお風呂でべたべたするのは……」

「上官の行為に口を挟むとは良い度胸ですね。罰として裸踊りを披露してください」

「申し訳ございませんッ‼　承知いたしましたッ‼」

「やめろエステル‼　踊るな‼」

命令を遵守するべくエステルが立ち上がった。

慌てて止めようとしたが、調子に乗ったヴィルが抱き着いてきて動きを封じられる。ネリアは「あっはっは」と笑うばかりで何もしてくれなかった。こいつら常世に来て大変な状況なのに呑気《のんき》すぎるだろ――そんな感じで呆れつつも変化のない仲間たちに安堵《あんど》しかけたとき。

じゃぶーん‼

誰かがものすごい勢いで立ち上がった。

コレットが頬を膨らませて私たちに視線を据えていた。

「もう出るっ！」

ヴィルがハッとして目を見開いた。

何が何だか分からず固まる私を放置して、コレットはじゃぶじゃぶお湯をかき分けながら浴

場を去ってしまった。ネリアが「あらら」と困ったように苦笑する。

「焼き餅《やもち》を焼いちゃったのね。ヴィルヘイズがコマリにばっかり構うから」

「む………、」

ヴィルが難しそうな顔をして私のお腹《なか》を揉む手を止めた。

五秒迷ってから、ゆっくりと立ち上がる。

「……コレット殿のもとへ向かいます。パーティーに不和があると今後の活動に支障をきたす恐れがありますので」

「はいはい、行ってらっしゃい」

全裸メイドを見送りながら、私は奇妙な焦燥《しょうそう》感を抱いてしまった。

あいつはコレットと何を話すのだろう？　私の敏感なるセンサーが「あいつらを二人にさせてはいけない」と警報を鳴らしまくっているのだが……。

「コマリは心配性ねえ」

ネリアが天井《てんじょう》を見上げながら呑気に言った。

「ヴィルヘイズが自分以外の子に構っててモヤモヤするんでしょ？　そんなの考えるだけ無駄よ無駄」

「べつに考えてない。ヴィルが誰と仲良くしようがヴィルの勝手だ」

「誰かを独り占めしたい気持ちはよッく分かるわ。私だってコマリを四六時中メイドとして侍《はべ》らせたいもの」

「勝手に私の気持ちを解釈するなよっ！　あと私はメイドなんて絶対やらないぞ」

「顔に図星って書いてあるわよ。――でもね、独り占めなんて無理な相談よ。たとえばガートルードにも、主人より優先しなくちゃいけないモノが山ほどある。他人のそういう事情を受け入れながら仲良く付き合っていくのが良き帝王ってもんよ」

「うぬぅ……」

確かに一理ある。あいつの人間関係を否定する権利は私にはないのだ。

そして――ネリアの言う通り、そもそも否定する必要性も皆無だった。

だって、吸血動乱の時に確認したのだから。

あいつは私の血を甘いと言ってくれた。

「いつまでもお傍《そば》にいますよ」とも言ってくれた。

あの言葉が嘘《うそ》なら、私は頭が変になって裸踊りを始めるかもしれない。

「……ネリアの言う通りだな。希代の賢者らしくドッシリ構えておこうじゃないか」

「それでこそコマリね！　あんたは私と一緒に世界征服をする最強の吸血鬼なのよ！　これくらいのことでクヨクヨしてたら殺戮《さつりく》の覇者《はしゃ》の名が廃れるわ」

「お前は六国《りっこく》新聞の読みすぎじゃないか？　あれ頭が悪くなるって評判だぞ？」

ネリアは「あっはっは」と笑った。冗談なのか本気なのか分からない。

いずれにせよヴィルのことは気にしないでおこう。強者は常に泰然自若《たいぜんじじゃく》としているものだからな――そこでふとエステルが「閣下ぁ」と泣きそうな声で呼びかけてきた。

「あの……私はいつまで踊ればいいのでしょうか……？」

「ずっと踊ってたの⁉︎⁉︎⁉︎」

真剣な話をしている傍《かたわ》らで何やってんだこの子は。真面目《まじめ》すぎるのも考え物である――いやエステルの性質を理解したうえでパワハラじみた命令をするメイドのほうが考え物である。

私とネリアは慌ててエステルの奇行をやめさせた。

上司としてあの変態メイドを叱《しか》っておく必要があるな。

そういえば「今日は一緒のベッドで寝ましょう」とか言ってたっけ？

ならばベッドの中でお仕置きしてやろうじゃないか。ヴィルが目を瞑《つむ》ったら耳にフーッと息を吹きかけてやるのだ。謝るまでやめないと言えばあいつも深く懺悔するだろう――私は何故か心が弾むのを感じながらお風呂をあがる準備をするのだった。

☆

「申し訳ございませんコマリ様。今日はコレット殿と一緒に寝ます」

「…………………………………え⁉︎」

二人部屋と三人部屋を借りている。

私は三人部屋で寝る準備をしながらヴィルを待っていた。

しかし、やつは帰ってくるなりそんなことを宣《のたま》ったのだ。

「約束を反故《ほご》にしてすみません。私とコレット殿は二人部屋を利用します」

「……そうなの？　ふーん……べつにいいんじゃない？　あんなのただの口約束だし、そもそも私は了承してないからな。むしろ一人でぐっすり夢の世界を堪能《たんのう》できそうで万々歳だよ」

「そうですか。ではおやすみなさい」

「うん。おやすみ」

バタン。部屋の扉が閉められた。

ヴィルの足音が遠ざかっていくのを聞きながら、私は沈黙した。

……は？　どういうこと？　何であいつはコレットと一緒に寝るの？　エステルに裸踊りを強要した罰を与える予定だったんだけど？　専属メイドのくせに主人を放置するのか？

「閣下、明日も早いのでそろそろ消灯しませんか？」

「う…………」

「閣下？　どうなさいましたか……？」

「うあああああああああああああああああ!!」

「きゃあああああああああああああああああ⁉」

私はベッドの上で空中大回転をした。そしてマットに頭から墜落した。エステルが泡を食って「敵襲ですか⁉」と立ち上がるのを無視して私は魚のようにジタバタと暴《あば》れる。

「何でだよ⁉　何で……何であいつは………」

「あ、なるほど。閣下はヴィルさんと一緒に寝られなくて寂しいんですね」

「寂しくなんかないもんっ‼」

私は鬼のごとき剣幕でエステルを睨みつけてやった。

すると彼女は「申し訳ございません閣下は孤高ですもんねっ！」と頭を下げてきた。そういう反応をされると微妙に困るんだが。

「なあエステル、どう思う？」

「はい？『どう』とは……？」

「コレットのことだよ。あいつ、ヴィルにくっつきすぎじゃないか？」

「そうでしょうか？……あ、でも、ヴィルさんとコレットさんの間に何かあったのは確実かと思われます。でなければ、あの方が閣下を放り出すはずありませんから」

「私って放り出されたの？」

「いえ！　私の言い方が悪かったですっ、閣下は後回しにされただけですっ！」

頭蓋骨《ずがいこつ》を撞木《しゅもく》で衝《つ》かれたような衝撃だった。

つまり、今のヴィルは私よりもコレットを優先させているのだ。

得体の知れない奇妙な焦燥が芽生えた。これは単なる嫉妬ではない。コレットの無邪気な眼差《まなざ》しは、ヴィルの何かを変えてしまう気がした。

ネリアは「心配性ね」と笑うけれど、これで心配しなかったら主人として失格である。

「――行くぞエステル！　こうしちゃいられない！」

「え？　行くってどこにですか⁉」

「あいつらの部屋だよ！　二人で遊ぶなんてズルいから、私たちも交ぜてもらおう」

「もう十時ですよ？　軍学校だったら消灯時間――」

「何でそんな良い子なんだよ⁉　吸血鬼は夜に活動するもんだろ‼」

「ちょっ……閣下⁉」

私はエステルを引き連れて部屋を出た。

このまま消灯したら悪夢を見るに決まっていた。

快適な睡眠のためにも、ヴィルとコレットの様子を確認してやる必要があるのだ。

☆

ネリア・カニンガムは夜の路地を歩いていた。

目的は特にない。強いて言えば常世の街を観察するため――あと心の整理をするため。

藍色の夜空は異様に明るい。月星の光に照らされた路面がきらきらと輝いている。

ネリアは火照《ほて》った身体を夜風で冷ましながら、小さく溜息を吐いた。

「私がしっかりしなくちゃね……」

傭兵団〝コマリ倶楽部〟のリーダーはコマリだ。

でもあの吸血姫《きゅうけつき》は言うなれば最終兵器。もちろん彼女にもトップとしての資質はあるが、まだまだ頼りない部分が多いので、ネリアが引っ張っていかなければならなかった。

ネルザンピの術中にはまって霧の世界に囚《とら》われたとき――

ネリアは先生から「コマリの面倒をみてくれ」と頼まれた気がするのだ。

幻聴の可能性も高い。自らに刻まれた使命感が先生の姿をとってネリアの前に立ち現れたのかもしれない。

それでも、ネリアはコマリを導いていかなければならなかった。

何故ならコマリは友達だから。命の恩人だから。血を分けた妹分だから。

そして世界征服を一緒に遂行する仲間でもあるから。

前大神《おおみかみ》も「コマリさんをちゃんと見ておくように」と言っていた。あれはたぶん、コマリが消えてしまう未来を示唆《しさ》していたのだ。実際に【パンドラポイズン】によって死の運命も予告されてしまった。

「目を離さないほうがいいわね。散歩なんてしてる場合じゃなかったかも」

特に今のコマリはコレットの出現で色々と参っているから心配だ。

あの子は今まで〝求められる側〟にいることが多かった。常に多くの人々に囲まれてちやほやされていた。コレットがその状況を引っ繰り返したことで戸惑っているのだろう――

「ごきげんよう」

ずょん。何かが切り替わる気配がした。

幽霊かと思って悲鳴をあげそうになったが、寸前で堪《こら》える。

雑貨屋の看板のところに、見覚えのある琵琶法師が立っていた。

「トレモロ……だっけ？　こんなところで何をしているの？」

「あなたと同じで夜の散歩です。今日も星が綺麗ですね」

トレモロは頬を赤らめて笑みを浮かべた。

ネリアは少しだけ緊張する。この少女からは得体の知れない凄みが感じられるのだ。

後でギルドの職員から聞いた話によれば、トレモロ・パルコステラは〝星砦〟という月級傭兵団に所属しているらしい。つまり、腕の立つ戦士ということだ。

「一つだけお知らせしたいことがありまして」

「何？　私を待ち伏せしていたの？」

「そうです」

トレモロは悪びれずに笑みを深めた。

法衣の内側から新聞らしきものを取り出して寄越してくる。

「これは明日の朝刊の一部です。新聞社に伝手《つて》があるので少し拝借してきました。あなた方に関連する情報が書かれておりますよ」

不意に街が騒がしくなった。

遠くで誰かが叫んでいる。次いで夜空が一瞬だけ白んだ。

「……？　何の騒ぎかしら？」

「人の命が徒花《あだばな》に等しい憂き世です。争いごとは日常茶飯事なのですよね」

「まさか……」

「どうか焦《あせ》らずに。記事をお読みくだされば分かるはずです」

ネリアは恐る恐る手渡された新聞に目を落とした。

数秒ほど沈黙して読《よ》み耽《ふけ》る。しかしすぐに耐えられなくなった。

途方もない緊張に襲われたネリアは、即座に身を翻《ひるがえ》して路地を駆けた。

「どうかお達者で。私にできるのはこれくらいですから」

「ありがとうっ！　あんたも死なないうちに逃げなさいよっ！」

宿屋への帰路を直走《ひたはし》りながらネリアは舌打ちをした。

どうやら自分たちはとんでもない事態に巻き込まれていたらしい。

コマリは無事だろうか。コレットは無事だろうか——

遠くから戦乱の音が聞こえてくる。

背後では、ずょんずょんと琵琶の音色が響いていた。

☆

二人部屋はもぬけの殻だった。

ヴィルもコレットも消えている。何故消えたのだろう。まさか二人で逃避行を開始したのだろうか？　そんな馬鹿《ばか》な。私を置いていくなんて薄情にもほどがあるだろ。メイドとしての賃金だって毎月（お父さんが）払ってるんだぞ。このまま帰ってこなかったら給料泥棒として訴えてやるからな？　いいのか？　よくないよな？

「お、落ち着いてください閣下！　ゴミ箱の中を漁ってもヴィルさんはいません！　コップの中にもいません！　そんなにじっくり万華鏡《まんげきょう》のように覗いても意味はありませんからっ！」

「うぅぅぅぅ……あいつらどこに行ったんだ……⁉」

「荷物があるので宿の外に出たとは考えにくいでしょう。かといって宿内に目ぼしい場所は思いつきませんが……屋上で星を見ているとか？」

「それだ！　行こう！」

主人を差し置いて天体観測なんて良い度胸じゃないか。いやべつに邪魔をするつもりはないんだけど、コマリ倶楽部のリーダーとしてやつらの行状《ぎょうじょう》を把握する義務があるのだ。

しかしエステルが「待ってください閣下」と引き留めてきた。

「あの。閣下はヴィルさんと離れたほうがいいと思います」

精神が骨折しそうになった。

まさかエステルからそんな進言を受けるとは思ってもいなかった。

「な、なんで……？　やっぱり明日に備えて早寝したほうがいいかな……？」

「いえ、そういう意味では。……私はヴィルさんの予言が気になっているんです」

エステルは本当に不安そうな顔で私を見下ろしてきた。

「【パンドラポイズン】で視《み》えたのは、『閣下がヴィルさんのもとでお亡くなりになる光景』だったのですよね？　だとしたら……閣下の死を回避するためにはヴィルさんと離れるのがもっとも有効なのだと思います」

「あ……」

「もしかしたらヴィルさんはそれを考慮しているのかもしれません」

私は一瞬だけ納得しかけてしまった。

……いや、でも違うのだ。

私が死ぬのは五日後であって、今じゃない。

「まだ私の命を狙ってくる輩はいない！　その対策をこれからヴィルと一緒に考えよう！　だ

からヴィルのもとへ急行しなくちゃいけないんだ！」

「な、なるほど……？」

私はエステルの腕を引っ張って階段をのぼっていった。

屋上へ通じる扉を無理矢理こじ開けると、春の夜風がふわりと私の髪を撫《な》でた。

満天の星だ。確かに屋上に出て眺めたくなるのも無理はない。サクナだったらきっと大興奮していただろうな——そんなふうに考えながら屋上の石畳を進んでいった。

間もなく目当ての人物を発見した。

心臓が爆発《ばくはつ》しそうになった。

やつらは肩を並べて体育座りしていた。体育座りしながら星を眺めていた。しかもコレットが突然ヴィルの手を取った。二人は仲良く手をつなぎながら擽《くすぐ》ったそうに笑みをこぼした。

やつらの発する青春チックな空気が私の脳頭蓋にまで侵入してきやがった。

「は？　なんだあいつら」

「閣下！　表情が消えていますっ！」

「ふつう消えるよねこれは」

私は絶望的な気分でヴィルとコレットの後ろ姿を凝視した。

あのメイドが私以外と親しげに言葉を交わしている光景なんて初めて見た。胸にチクリとした何かが生じる。悩みの種がもりもりと成長して真っ黒い花を咲かせた——そうして私の意識はわけの分からぬ感情の荒波によって押し流されてしまった。

「う……うえ……」

「え？　あの……閣下？」

「うあ……うあああああああああああ‼」

「閣下⁉　お待ちくださ――」

私は恥も外聞もかなぐり捨てて疾走を開始した。ネリアに言われたことなんてもう忘れた。放っておけばヴィルをとられてしまう気がしたのだ――しかし天の神はとことん私のことをコケにするのだった。

「あっ」

コケた。

段差に躓《つまづ》いた私はそのまま石畳の上に突っ伏した。

ビターン‼――常世に来てから二度目の大転倒である。痛いとか恥ずかしいとかいうレベルの騒ぎではなかった。私の存在に気づいた二人が目を丸くして振り返った。

「コマリ様？」

「テラコマリぃ？　何やってんのよ！　ガキは寝る時間よ！」

ここで「通りかかっただけです」は無理がありすぎる。しかし「監視しに来ました」と白状するのはプライドが許さなかった。ゆえに死んだフリをすることしかできない。

「盗み聞きしてたの？　ほんッとに趣味が悪いわね！　まったくあんたは――」

コレットがぷんぷん怒りながら近づいてくる。

よし決めた。とりあえず「寝てたら何故か屋上にワープしたんだ」と嘘を吐こう――そう思って顔を上げるのと同時だった。

コレットが「あれ？」と視線を横に向けた。

私もつられてその方向を見る。

七階建てなので、街の景色を一望することができた。何の変哲もない小都市の光景である。しかしよく見れば変哲があった。遠くのほうの空が明るくなっているのだ。どうやら建物が炎上しているらしい。

次の瞬間――どかああん!!　という爆発音が響いた。

さらに断続的に大砲を打ち込むような音すら聞こえてくる。

不意にサイレンのような音が響き渡った。コレットが「きゃあっ」と悲鳴をあげて耳を塞いだ。これは緊急事態のときに鳴らされる警報に違いない。

「まずいですね……軍が攻め込んできたようです」

「軍!?　ここはギルド直轄《ちょっかつ》の中立都市のはずよ!?　どうしてそんなことに……」

コレットは青ざめて震えていた。この街だって安全なわけではないのだ。昼間に翦劉のお爺《じい》さんが言っていたじゃないか、「アルカの軍勢は中立地域まで侵食してくる勢い」だって。

「――みんな無事!? 大変なことになってるわよ!!」

ネリアが弾丸のような勢いで転がり込んできた。

彼女は私たち全員の姿を確認すると、ほっと胸を撫で下ろして言葉を続けた。

「アルカの軍勢のご到着ね。このままだと私たちは殺されちゃうわ」

「よし、私は今からベッドの下に隠れて神に祈りを捧《ささ》げるとする」

「え？ 閣下……？」

「間違えた！ 今からアルカのやつらを迎え撃とうではないか！」

「こんなところで虚勢を張ってもしょうがないですよ。――カニンガム殿、私たちはどうするべきだと思いますか」

「逃げるべきだわ」

ネリアはきっぱりと断言した。

「私たちがここにいると街に迷惑がかかるのよ。さっさと退散するのがベストね」

「ん？ どういう意味だ？」

「やつらは私たちを狙ってるってことよ」

ネリアは小脇《こわき》に抱えていた新聞らしきモノを広げた。

私たちは食い入るようにそれを見つめる。

『巫女姫逃走　アルカ軍は徹底追跡
和睦《わぼく》のためにムルナイト帝国からアルカ王国後宮に献上された〝巫女姫〟コレット・ルミエールは、護送車の事故に乗じて逃走を開始した。アルカ王国はこの行為を「帝国の裏切り」と断定。これにより両国の間には海よりも深い亀裂が入ったことになる。アルカ軍は近隣諸国を巻き込む形で侵略のスピードを加速させ、ムルナイト帝国帝都に迫る勢いだ。またアルカ軍は〝巫女姫〟を保護したと思われる火級傭兵団〝コマリ倶楽部〟の捜索を開始したと発表。国王陛下も「見つけしだい殺せ」と激怒《げきど》の詔勅を出している。世界を巻き込む戦火はいっそう激しさを増す模様だ。無辜《むこ》の民はくれぐれも注意されたし。』

「……なにこれ⁉」

「コレットは戦争を止めるために献上された哀れな人柱《ひとばしら》だったってわけ。でもこの子はそれが嫌で逃げ出したのよ。アルカ王国の連中がブチギレるのも無理はないわ」

「人違いじゃないのか？　なんでコレットみたいな子が……」

いや。それこそ新聞に書いてあるじゃないか。

コレットは自分がムルナイト帝国でも有名な〝巫女姫〟の家系だと言った。

つまり人質となるのに相応《ふさわ》しい高貴な血筋なのだろう――

「「「……………………」」」

その場のすべての視線がコレットに集中した。

彼女は無言でモジモジしていたが、ヴィルに「コレット殿」と名前を呼ばれて顔を上げる。

何故だかその頬は真っ赤《まか》に染まっていた。

「だ――だって！　後宮なんて嫌だったんだもんっ！」

それは魂の叫びだった。

空色少女は力の限り叫んでいた。

「人の命を道具みたいに扱いやがって！　何が『献上品』よ、私は故郷の村で静かに暮らしていたかったのに！　まだ幼馴染も見つかってなかったのに！　アルカの後宮なんかに入ったら、何もかも終わりだったのよ……」

コレットは服の裾《すそ》をギュッと握って俯《うつむ》いてしまった。

不安、罪悪感。色々な感情が渦巻いている。

「……護送車が何故か横転したのよ。奇跡だと思ったわ……賢者様が私を生かしてくださるのだと思った。誰だってそんなチャンスを逃すはずがないわ。私は悪くないのよ。……でも、」

コレットは私たちの顔を見つめた。潤んだ瞳に恐れるような色が見え隠れした。

「迷惑をかけちゃったわね、ごめんなさい……」

そういう事情があるなら早く言ってくれればいいのに、とは思わなかった。

コレットの気持ちは十二分に理解できる。もし「実は私の命を狙って軍隊が襲ってくるかもしれないわ」などと明け透けに告白すれば、ヴィルから見捨てられるかもしれないからだ。

「ねえヴィル……私」

「コマリ様」

ヴィルはコレットの呼びかけを無視して私を呼んだ。

メイドの意思は固まっているらしい。私が何かを言うまでもないようだ。

コレットが泣きそうな顔で見つめてくる。

私は迷うことなく宣言した。

「心配するな。誰もコレットのことを置いていったりしないよ」

「え……」

「まあ私は呆れているけどな！　常世って本当に意味が分かんないよ！　太陽二つあるし変な植物が生えてるし結局命を狙われてるし……でもお前は旅の仲間なんだ！　常世の案内人でもある！　だから皆でさっさと逃げよう」

ネリアが「決まりね！」と笑った。エステルが「承知しました！」と律儀に敬礼をする。

コレットはしばらく呆然と立ち尽くしていたが、やがてぎこちない笑みを浮かべて「ありがと」とお礼を述べるのだった。

「あんた意外と心が広いのね。少し見直した」

「『意外と』は余計だ」

「そうですよコレット殿。コマリ様は宇宙一寛大な心をお持ちなのです。こないだ私がこっそりコマリ様のコッペパンをロロッコ様に横流しした報酬としてコマリ様が小さい頃のお風呂写真（全裸）をいただいた罪も許してくださる予定です」

「何だそれ初耳だぞ⁉　許す予定はないからな⁉」

「ねえヴィル、なんでテラコマリばっかりそんなに執着するの？　こいつに洗脳でもされてるの？　傍から見てるとちょっと気持ち悪いよ？」

「え？　気持ち悪い……、ですか………？」

ヴィルが珍しくショックを受けていた。

自業自得《じごうじとく》である。これを機に清楚《せいそ》なメイドになってほしいものだ。

「何やってんのよあんたたち！　早くずらかるわよ！」

「閣下！　荷物をまとめるので部屋にお戻りください！」

ネリアとエステルに急《せ》かされて私たちは屋上を後にした。

街はどんどん喧噪《けんそう》に満ちていく。

なんだか心苦しい気はするが、振り返るのはやめにしよう。

私たちの目的は、生き残ることなのだから。

天仙《ようせん》たちは恐れをなして家屋に引きこもってしまった。

長寿を誇る彼らも偶発的な死は免れない。魔核《まかく》が壊れている状況で死ねば、蘇《よみがえ》ることはできないのだ。

魔核の復旧はあらゆる意味で困難。

もっとも可能性があるのはアマツ・カルラだろう。

しかし、今の【逆巻《さかまき》の玉響《たまゆら》】には意志力に干渉するほどの力はない。肉体の傷は治せても、人の記憶や感情までは巻き戻せないのが証拠だ。そして魔核は人の願いによって方向性を与えられた神具である——ちょっと傷がついた程度なら修復できるが、完全に崩壊して〝与えられた意志力〟が霧散してしまえば、手を出す余地はない。

愛蘭朝《アイランちょう》は、否《いな》、ガンデスブラッド朝は対策に追われている。

しかし何も思いつくはずがないのだ。特殊な烈核解放《れっかくかいほう》の持ち主でも現れない限りは。

「——星の巡りが悪い。人生って上手《うま》くいかないものね」

私は天仙郷京師《ようせんきょうけいし》を歩きながら溜息《ためいき》を吐《つ》いた。

当初の予定では、すべての魔核を破壊してから常世《とこよ》へ向かうつもりだった。しかし星のやつらの暴挙は私の想像以上だった。はやく片付けなければ、私の〝箱庭〟は麦秀《ばくしゅう》の悲哀に包まれることだろう。

「おひい様。扉というのはどこにあるんだ？」

隣を歩くコルネリウスがわくわくした様子で尋ねてきた。

後ろをついてくるアマツやトリフォンも興味深そうにしている。

なんて気分がいいのだろう。

スピカ・ラ・ジェミニには付き従ってくれる仲間がいるのだ。

「すぐそこよ。斥候《せっこう》として走らせたフーヤオによれば、各国のお偉いさんは、扉に吸い込まれて行方《ゆくえ》不明になった者たちを捜すために白極連邦《はっきょくれんぽう》へ行ったそうね。なんでも魔核に傷をつけて無理矢理扉をこじ開けるんだとか」

「ん？　天仙郷の魔核は壊れたんだから、京師の扉を使えばいいんじゃないのか？」

「テラコマリが隕石《いんせき》を落としてぶっ壊しちゃったんだって。面白《おもしろ》いわよね――天仙郷の扉を潜《くぐ》ったらどこへ飛ばされるかも分からない！　空間に押し潰《つぶ》されて死ぬ可能性もあるわ！」

「……………そんなところに今から行こうとしてるの？」

「もちろん‼」

血の飴《あめ》を舌先で撫《な》でながら路地を歩く。

やがて見るも無残に破壊された宮殿──〝紫禁宮《しきんきゅう》〟が見えてきた。

さらにその中央には光り輝く〝扉〟も鎮座している。

普通は厳重な警備網が敷かれているはずである。しかし兵士たちは軒並み気絶して地面に寝転がっていた。死んではいないのがあの子らしいなと私は笑みをこぼしてしまった。

「フーヤオ！　ご苦労様！」

「ん」

狐の獣人──フーヤオ・メテオライトが円卓の椅子《いす》に腰かけていた。

彼女はこちらに気づくと億劫《おっくう》そうに立ち上がる。

気怠《けだる》げな空気感からして、今は〝表〟のフーヤオらしい。

「……おひい様よ。これで常世に行けるんだな」

「そうよ。フーヤオは私を選んでくれたのね……嬉《うれ》しいわ！」

「ふん」

フーヤオはそっぽを向いてしまった。

朔月《さくげつ》の面々はすべて己《おのれ》の目的のために動いている。

コルネリウスは研究のため。トリフォンは私に奉仕するため。フーヤオは己の存在意義を確かめるため。アマツは私を裏切るため。そして私は引きこもるため──なんてバラバラな組織なのだろう。星のやつらと比べたらお笑いでしかない。でも私たちの意識は同じ場所に向けられているのだ。

「さあ行くわよ！　私たちの野望のために！」

「待ってくれ。死ぬ可能性があるなら遠慮したいなあって……」

「死ぬのもまた一興！　それが人生ってものだからね！」

「おいちょっ……アマッ助けてえええええ‼　死ぬううううう‼」

「勝手に死ね。俺《おれ》は帰る」

「鬼かお前は⁉」

「あんたも来るのよっ！」

私はアマツとコルネリウスの腕を引いて扉に飛び込んだ。

フーヤオとトリフォンも遅れずについてきたようである。

さて——図らずして常世編が開幕してしまった。

私の物語は最終局面を迎えるのだ。

※

京師の地下に牢獄《ろうごく》がある。

王朝に反旗を翻《ひるがえ》した大悪人を収容しておくための施設。以前、テラコマリ・ガンデスブラッドが悪徳丞相《じょうしょう》グド・シーカイに面会するべく訪れた場所でもあった。

その最奥部――もっとも厳重な警備が敷かれている区画に、背の高い女がいた。

ローシャ・ネルザンピ前軍機《ぐんき》大臣。

つい先日天仙郷を大騒ぎさせた〝死儒《しじゅ》〟である。相も変わらず真っ黒い服で全身をコーディネートしている。捕らえられて数日――煙草《たばこ》は一日に一本しか吸わせてもらえないので最近は異様に頭がモヤモヤするのが悩みだった。

「朋《とも》の遠方《えんぽう》より来《き》たる無《な》し……なんと虚しいことではないか」

〝星砦《ほしとりで》〟の仲間たちが助けに来る気配はない。

というよりも、助けに来られないのだ。何故《なぜ》ならネルザンピ以外のメンバーはすべて常世で活動をしているから。

〝死儒〟ローシャ・ネルザンピは魔核の収集担当。

〝骸奏《がいそう》〟トレモロ・パルコステラは常世での破壊工作担当。

〝柩人《きゅうじん》〟ネフティ・ストロベリィは夕星《ゆうせい》の護衛担当。

そして〝夕星〟は盟主担当。

……もう少し人員をこちらに回してくれても良かったのでは？

冷静に考えれば、一人で魔核を六個も回収するのは無理難題の極《きわ》みである。

「後は仲間に任せるしかないな。私はここらで退場しておこうじゃないか――おや」

そこでネルザンピは異変に気づく。

蠟燭の火によって床に映し出された自分の陰影。

それがうねうねと生物のように蠢《うごめ》いているのだ。

抱影種《ほうよう》は己の〝影〟を異界に送ることができる虚像の種族だ。ネルザンピはこの手段を用いて常世の仲間たちと連絡を取ってきた。しかし——影を使う場合は〝距離〟が問題となる。核領域の中心部のように常世と近い場所でなければ、自在に操《あやつ》ることは不可能。

だが今は何故か影が活発化している——

なるほど。魔核の崩壊により扉が開いてしまったことが原因なのだろう。

これならまだ自分にもできることがある。

ネルザンピは精神を集中させて常世の状況を探った。やはり向こう側は戦乱の様相を呈している。人々の巨大な感情が渦を巻き、夕星を成長させるエネルギーとなっている。

それから数時間念じていると、目当ての人間がやって来た。

カジュアルな法衣《ほうえ》を着崩した旅の琵琶《びわ》法師。

ネルザンピは静かに口を開いた。

「——トレモロよ。こちらは作戦に失敗した。テラコマリ・ガンデスブラッドという吸血鬼に遭遇したら必ず殺害しておいてくれ」

ひ

3　未知なる異郷《いきょう》の旅路《たびじ》

Hikikomari the Vampire Countess no Monmon

見渡す限りの砂。

二つの太陽でじりじりと焼かれる黄土色の世界だ。

巨人の手で削り取られたように凸凹《でこぼこ》した砂丘が連綿と続く。目の前にはよく分からん逃げ水みたいなモノも発生している。見ているだけでおかしくなりそうだった。

「暑い……死ぬ……まだ三月だろ……引きこもりにはキツすぎる……」

「喉《のど》が渇いたのでコマリ様の汗を飲んでもいいですか？」

「キモいからやめろ……」

ハイテンションでツッコミを入れる気力もなかった。

――死の運命まであと四日。

私たちは駱駝《らくだ》に乗って砂漠を縦断していた。

アルカ王国とムルナイト帝国の間には、〝カレード帝国〟という国が横たわっているらしい。国土の大部分が砂漠の乾燥国家だ。ムルナイトに最短で辿《たど》り着くためには、この砂の大地を突っ切る必要があるという。

ちなみに、駱駝は砂漠の入口でレンタルした。

ヴィルと私で一頭、エステルとコレットで一頭、ネリアで一頭。

もう長いこと歩いているのに、駱駝は全然疲れた様子を見せない。なんだか申し訳ない気持ちを抱いた私は、フワフワの毛に包まれたコブを優しく撫《な》でてやった。

「シャルロットは偉いな……私もお前みたいに体力があったらよかったのに……」

「勝手に名前をつけないでください。向こうの街に着いたら返却するんですからね」

「いいだろ旅の仲間なんだから！」

ドライなメイドだ。あと猛暑なのにやたら密着してくる変態メイドでもある。

隣の駱駝に跨《また》っていたコレットが「むむ」と悔しそうな顔で睨《にら》んでくる。誰《だれ》と誰が一緒になるかはコイントスで決めたのだ。

コレットは額の汗をエステルの背中で拭《ぬぐ》いながら、ヴィルのそばが良かったのだろう。

「ムルナイトまでどれくらいかかりそう？　さすがに今日中は無理だよね？」

「なんで常世《とこよ》出身のあんたが異世界人の私に聞くのよ……まあ、地図を見ると一泊する必要があるわね。途中にカレード帝国の都があるからそこに寄りましょう」

敵の軍勢は私たちの喉元《のどもと》まで迫っている。

ネリアによれば、「関所を通った時にギルドカードを見せたのは失敗だったかも」とのこと。

関所の役人が報告すれば、私たちの進路が筒抜けだからだ。かといって強行突破すれば捕縛《ほばく》されて軍に突き出されるから八方塞《はっぽうふさ》がりなんだけど。

ちなみに、コマリ倶楽部がコレットを確保しているという情報はギルド関連から漏《も》れた可能性が高いらしい。傭兵登録をしたあの場所にスパイが紛《まぎ》れ込《こ》んでいたのかもしれない。

私は空色少女――コレット・ルミエールを見つめた。

彼女はムルナイト帝国の〝巫女姫《みこ》〟。

そして運命に翻弄《ほんろう》される可哀想《かわいそう》な子供だった。

「――なに？　人の顔をジロジロ見るなんて失礼じゃない？」

「ごめん。でも暇だからお前の事情について知りたくてさ。着の身着のまま逃げてきちゃったけど、コレットがどういう立場の人間なのか全然聞いてなかったから」

「ああそのこと」

何故《なぜ》かコレットはばつが悪そうに口を尖《とが》らせる。

「新聞に書いてあった通りよ。私はムルナイト帝国の〝巫女姫〟――まあ正確には次期巫女姫だけどね。今の巫女姫が引退したら帝都にのぼって役目を引き継ぐことになってたの」

「でもアルカに引き渡されたわけだよな？」

「巫女姫様が予言したんだって――『コレット・ルミエールをアルカに献上すれば争いは鎮まるだろう』みたいな感じで。本当にクソみたいなやつよね、絶対テキトーなこと言ってるに違いないわ」

適当なことを言っているかどうかはともかく、確かに理不尽である。

ヴィルが「ふむ」とシャルロットの手綱《たづな》を握りしめながら言った。

「予言とはつまり烈核解放《れっかくかいほう》のことですよね？　もしかしてコレット殿も同じようなことができるのですか？」

「烈核解放？　ああ、〝能力〟のことね――そうよ、この際だからハッキリ言うけど、実は私も能力者なの。あんまり言いふらしちゃマズイと思って黙ってたんだ。……ごめん」

「謝る必要はありません。しかし、コレット殿に不思議な力があったとは驚きでした」

「まー、能力が使えなけりゃ巫女姫なんかに抜擢《ばってき》されるわけないしね。最近のルミエール家は巫女姫に相応《ふさわ》しい能力者が全然出なくて、ちょっと才能があれば私みたいな遠縁の平民ですら跡継ぎとして迎えちゃうわけよ」

「コレットも予言をすれば上手《うま》く立ち回れたんじゃないの？」

「私の能力は予言じゃないんだ。もっと不気味なやつよ。こんな才能欲しくなかったわ……巫女姫にならなければ平和に暮らせたのに」

烈核解放は本人の努力や才能とは関係ない。

コレットがその能力を開花させたことにも何らかの意味があるのだろう。

「……本当はね、私の幼馴染《おさななじみ》が巫女姫になる予定だったんだ」

「幼馴染……、私と同じ『ヴィルヘイズ』という名前の方ですね」

　コレットは昨晩、ヴィルに自分の生い立ちを語ったらしい。ちなみにネリアやエステルにも伝えてある。「べつに隠すことでもない」とのこと。

「ヴィルは……ああ、幼馴染のヴィルのことね。あの子は、ここ百年でも群を抜いて強力な能力を持っていたの。いずれムルナイトを繁栄に導く巫女姫になるだろうって言われてたわ……でも周囲からのプレッシャーに耐えられなくて、いつも泣いてた。近所に住んでいた私は、こっそりあの子のもとに駆けつけて慰めていたのよ」

「親友だったのですね」

「うん、大親友だった。二人で村を抜け出して冒険もしたのよ。あの子が海を見たいって言うから、リュックに食べ物を詰め込んで、朝早くに出発したの。クマに遭遇したり、虫に刺されたり、崖から落ちそうになったりで大変だったけど、二人で眺めた夕暮れの水平線はどうにかなっちゃうんじゃないかってくらい綺麗《きれい》だったな。あの子はボロボロ泣いてたわね……んで大人たちに見つかって連れ戻されて、大目玉を食らって今度は私も一緒にボロボロ泣いた」

　逃げ水はいつの間にか消えていた。

　かわりに立ち現れたのは、『ヴィル』とコレットが手を取り合って海を目指す映像。

　気弱な『ヴィル』はおどおどしている。彼女の手を引くのは、いつだって溌剌《はつらつ》とした性格のコレットだ。二人は幾多の障害を乗り越えて冒険を続けていく……しかし、何故か『ヴィル』の姿がメイドのヴィルで再生された。……駄目だ、暑さで頭が沸騰《ふっとう》している。

「でも、平和は長く続かなかったわ」

コレットは悲しそうな吐息《といき》を漏らした。

「酷い戦乱があったのよ。村が焼かれて、私たちは一緒に逃げた。でも嵐《あらし》のせいでお互いを見失って、それ以来ずっと離れ離れ。私はずっと捜しているのよ……昼も夜もずっと……だって大切な親友だったから。でも全然見つからなくて……ヴィルは死んだことになったのよ」

「死んだ？　どうして」

「そりゃ、いつまでも捜してたってしょうがないからでしょ。もちろん私は認めなかった。村の人からは『もう諦《あきら》めなさい』って何度も言われた。でも諦めきれなかったの。……そうしているうちに、私に能力が目覚めたんだ」

烈核解放は心の力。

何かを求める強い思いは、世界を変える原動力となる。

「死んだ人間の魂を呼び寄せる、〝降霊〟の能力よ。私も心の奥底では『ヴィルは死んじゃったのかも』って思ってたんでしょうね。……この力を使ってヴィルを呼び寄せてみようとしたんだけど、できなかった。ヴィルがどこかで生きてることが分かって、嬉《うれ》しかった」

「…………」

私たちは何も言えなかった。

この少女の『ヴィル』に対する思いは、私ごときでは想像もできないほど巨大だ。

「つまりね、私はいなくなったヴィルのかわりに次期巫女姫になったってわけよ。でも向いてないわ。能力だって、ヴィルには全然及《およ》ばないのに……」

「『ヴィル』の能力は、どんなものだったんだ？」

「未来を視《み》る力よ」

どきりとした。

ヴィルとネリアがビクリとしてコレットを見つめる。

「でも詳しい部分は分からないわ。巫女姫の能力は無闇《むやみ》に使っちゃいけないっていう掟があって、あの子はそれを律儀に守ってたから、私もお目にかかったことがないの。何回も『私の未来を占って』ってお願いしたけど、ダメの一点張りよ」

「…………」

「あーあ、ヴィルが未来を占ってくれたら村の悲劇も防げたかもしれないのに。……まあ、そんなこと言ったってしょうがないわよね。あの子はルールをきちんと守る真面目《まじめ》な子だったんだもの。私はヴィルのそういうところが好きだったのよ」

コレットの笑みは儚《はかな》い。

私は複雑な気分で駱駝に揺られていた。

☆

カレード帝国の都に着いたのは、日が沈む直前だった。

城門を潜《くぐ》ると、そこかしこからカレーのいい匂《にお》いが漂ってきた。私のお腹《なか》が勝手に「ぐう」と鳴る。コレットによれば、カレード帝国の開祖はカレーが大好きだったらしい。王命によってカレーが国民食に指定されているとかなんとか。

雑然と並ぶ赤褐色の建物の間を進んでいく。

レンタル駱駝をいったん返却する必要があるのだ。

店に着くと、私はシャルロットの手綱を係の人に渡した。シャルロットはのそのそと厩舎《きゅうしゃ》のほうへ戻っていく――かと思われたが、何故か私の顔をジーッと見つめてきた。

「シャルロット？　どうしたんだ？　今日はゆっくり休んでよ」

「私はシャルロットではない」

「あ⁉」

「私はシャルロットではないと言っている」

「…………………」

神の声を聞いたのかと思って天を仰《あお》ぐ。しかしそこには美しい夕焼け空が広がっているだけだった。摩訶不思議《まかふしぎ》な気配を察した私は再び駱駝のほうへと視線を戻し、その口から人間の音声が漏れ出てくるのを確かめた瞬間卒倒しそうになってしまった。

「あなたがあの〝宵闇《よいやみ》の英雄〟の娘か。こんなところで遭遇するとは……」

「――おいみんな⁉ ⁉ シャルロットが喋《しゃべ》り出したんだけど⁉ ⁉ ⁉」

大慌てで背後に向かって絶叫する。仲間たちは私を置き去りにしてレストラン探しを始めていた。ヴィルだけが呆《あき》れた様子で「はい？」と振り返った。

「コマリ様は暑さで参ってしまったのですか？　分かりました、そこにカレー味のソフトクリームが売っているので買ってきましょう。そして私と交互にぺろぺろしましょう」

「いや、そんなことより……」

「ヴィル！　チビのことはどうでもいいわよ、行きましょう」

コレットがヴィルに腕を絡《から》ませて（！）引っ張っていってしまった。

ネリアやエステルには端《はな》から聞こえていないようだ。私は恐る恐る振り返る――そこにはシャルロットだったはずの駱駝が泰然《たいぜん》とした態度で佇《たたず》んでいる。

「あなたはテラコマリ・ガンデスブラッドで間違いないな」

「そ、そうですけど⁉　あの、あなたこそどちら様ですか……？」

「私は傭兵団〝フルムーン〟の間諜《かんちょう》だ。レンタル駱駝に身をやつして戦況をうかがっている。なんという偶然……いや必然か。確かに母親によく似ておられるな……」

私はシャルロットの手綱を握っている係の人を見やった。

おい大丈夫か？　おたくの駱駝がペラペラ喋ってるぞ？

しかし彼は微動だにせずニコニコしていた。明らかに大丈夫ではなさそうな気配がする。

「案ずるな。この者も〝フルムーン〟の一員だ。私の部下でもある」

「いや案ずるだろ。なんでシャルロットは喋れるんだ？」

「私はただの駱駝ではなく獣人種だ。喋れてもおかしくはあるまい」

ただの駱駝と獣人種の区別がつかないんだけど……。

なんなんだこいつら……。

「えっと……私のことを知っているの？」

「知っているも何も。あなたの母親は我らがボス、ユーリン・ガンデスブラッドだからな」

「え？　ユーリン……お母さん⁉　お前はお母さんの知り合いなのか⁉」

「そうだ。月級傭兵団〝フルムーン〟――戦乱を鎮めるべく世界を股にかける正義の集団。そのリーダーがガンデスブラッド様なのだ」

「な…………」

「団員のキルティから聞かされていた。あなたは向こうの夭仙郷《ようせんきょう》で発生した魔核《まかく》の崩壊に巻き込まれ、こちら側へと移動してしまったらしいな。あちらでは捜索隊まで組まれているらしいが……なるほど、無事だと分かって一安心だ。ボスもあなたのことを心配していたぞ」

シャルロットは心底安堵《あんど》したように鼻息を漏らすのだった。

私は頭の整理が追いつかず、マネキンのように立ち尽くしていた。

遠くでネリアが「ちょっとコマリ〜！　早く来なさいよ〜！」と呼んでいる。

☆

シャルロットは「ムルナイトにいるボスに鳩を飛ばしておこう」と言った。

私が無事であることを母に伝えてくれるというのだ。

月級傭兵団〝フルムーン〟。彼らは世界を平和にするために様々な活動をしているらしい。母のように剣を執《と》って戦っている者もいれば、シャルロットのように隠れて情報収集に精を出している者もいる。

駱駝の口からもたらされた情報は大きな衝撃をもたらした。

特に「お母さんが帝都にいる」という確かな情報は、私の胸に希望の炎を灯《とも》してくれた。これで心置きなくムルナイトを目指すことができる。帝都にさえ着けば、この逼迫《ひっぱく》した状況もなんとかなるかもしれないのだ。

とはいえ安心材料ばかりでもない。シャルロット曰《いわ》く――

「――仲間によれば、アルカの軍勢は〝コマリ倶楽部〟を追跡している。巫女姫にそこまで執着するのはいささか不可解に思えるが……、しかしやつらは中立都市を次々に落として猛進しているらしい。あなたたちの動向はアルカの関所のせいで筒抜けだから、明日か明後日にはこの街にも到着することだろう」

「私たちはどうすればいいの？　これからみんなで夕飯なんだけど、シャルロットも一緒に来ない？」

「いや、ご相伴《しょうばん》に与《あずか》るのは遠慮しておこう。残念なことに、私から伝えられる情報は多くないのだ。あなたは今まで通り、帝都を目指せばいい。ボスに会えば元の世界に帰る方法も分かるだろう。あと私はシャルロットではない」

「そっか……明日もシャルロットに乗れるんだよね？」

「予定が合えばな。あと私はシャルロットではない」

「じゃあ誰なんだ」

「シャルルだ」

私はシャルロットと別れて皆のもとに向かった。

彼は私たちの旅路に大きな意味を与えてくれた。帝都まで行けば確実に帰ることができる――この絶対的な安心感は何物にも代えがたい。今日は気分よく眠れることだろう。

とはいえ、すべての不安が解消されたわけではなかった。

いま私が考えるべき事項は大きく分けて三つ。
一、元の世界に帰れるかどうか。

二、コレットにヴィルを盗まれないか。
三、死の運命をどうやって回避するか。
「……後半二つがまったく手つかずだな」

「おやコマリ様、元気がないようなのでカレーを口移しで食べさせてあげますね」

「どわあああ⁉　お前の辛口だろ⁉　食べられないよ‼」

「問題はそこじゃないでしょ」

ネリアが冷静なツッコミを入れてくる。

私たちはカレード帝国のカレー屋でカレーを食べていた。

野外に設置された六人席である。前方の舞台では民族的な衣装の踊り子が軽《かろ》やかに踊っていた。空はすっかり紫色に染まっている——しかし往来を歩く人々の数は一向に減らない。舞台の音楽に合わせて大盛り上がりである。

周囲をきょろきょろ見渡していたエステルが、「なるほど」と意味深に頷《うなず》いた。

「常世は一国に一種族ではないのですね。吸血鬼に翦劉《せんりゅう》……その他にもたくさんいます」

「むしろ一国一種族のほうが少ないわよ」

コレットがスプーンでカレーを掬いながら言った。

「それよりも……ねえヴィル。あんたっていつもそんな感じなの？」

全員の視線がヴィルに集中する。

変態メイドはソースのボトルを駆使して私のカレーに「コマリ様大好き♡」と文字を書いていた。何やってんだお前。無断でソースかけるなんて戦争が勃発《ぼっぱつ》してもおかしくねえぞ。

「……コレット殿。『そんな感じ』とはどういう意味でしょうか」

何故かヴィルはぴたりと動きを止めて言った。

「テラコマリにベタベタって意味よ！　私はてっきりそいつに強制されてるのかと思ってたんだけどさ、なんかそうじゃない気がしてきたのよ」

「コレットの言う通りだ。こいつは変態メイドなんだ」

「誤解ですコレット殿。全部コマリ様の命令です」

「んなわけあるか‼」

「こればっかりはヴィルのこと信じられないわ」

コレットはじ～っとヴィルを見つめていた。

ヴィルは「うっ……」という感じで目を逸《そ》らした。こいつにしては珍しい反応だな……てっきり「変態ですけど何か？」みたいに開き直るかと思ったのに。

「まあいいけどね」

コレットがマヨネーズ（⁉）をカレーに注入しながら呟《つぶや》いた。

「たとえ変態でも、ヴィルは私の命の恩人だから」

「お言葉ですがコレット殿、私は変態ではありませんよ。それはこの場にいる他の三人も同意してくれるはずです。ねえ皆様」

「変態でしょ」とネリア。

「変態に決まってる」と私。

「えっと……」と口籠《くちごも》るエステル。しかしそんな反応をする時点でメイドの行為に思うところがあるのはバレバレだ。

「ひどいですっ」

ヴィルが泣くフリをした。

ひどいと思うならサクナを見習いたまえ。あの子はザ・清楚《せいそ》だから。

コレットが「まったく」とジト目でヴィルを睨んだ。

「変態扱いされたくなかったら、キモい行動はもうやめることね。……ほら、テラコマリも迷惑してるでしょ」

「……すみませんコマリ様、無神経でしたね」

「え？　あ」

ヴィルは自分の皿と私の皿を勝手に交換してしまった。さらにスプーンでカレーの表面を耕し、「コマリ様大好き♡」の文字を消してしまう。

不意に砂を含んだ生温い風が吹き、私はかすかに目を細めた。

夕闇《ゆうやみ》はいっそう濃くなっていった。ステージの曲目が情熱的なものへと変化する。それに応じて踊り子の踊りも激しさを増していく。彼らが連続で宙返りを披露すると、客席から拍手喝采《かっさい》が巻き起こった。ネリアもエステルも「すごーい！」と手を叩《たた》いて大喜びだ。

私は上の空の拍手を送りながら、こっそりヴィルとコレットの様子をうかがった。

ヴィルが私へのセクハラを反省するなんて、初めてのことだった。

コレットには変態メイドを正気に戻してしまう力があるのだ。

やっぱりモヤモヤする。

気分よく眠れそうには、なかった。

☆

夜。どうにも寝付けなかったので、私はベッドから抜け出してベランダに出た。

市街地のほうでは未《いま》だにどんちゃん騒ぎが続いているらしく、熱狂的な調べがかすかに耳元をくすぐった。カレード帝国は私が知るどの国よりも陽気で、賑《にぎ》やかだった。

私は星空を見上げながら物思いに耽《ふけ》る。

頭を巡るのは、常世のこと、お母さんのこと、そして……コレットのことだ。

コレット・ルミエールは私の心をかき乱すのだ。

「――コマリ様、そろそろお休みになられたほうがよいのでは」

ヴィルが背後に立っていた。宿が貸してくれた薄手のパジャマに身を包んでいる。

私は何故か決まりが悪くなって目を背《そむ》けた。

「……お前こそ寝たらどうだ。明日は早いんだろ」

「抱き枕《まくら》がなくては眠れません」

「私をナチュラルに抱き枕扱いするな」

「いえ、私が普段使っているちくわ型の抱き枕のことですが……」

「…………………………、」

……おい。ばか。ばかやろう。なんで……なんで変態メイドのくせして普通の台詞《せりふ》を吐くんだ？　まるで私が自分のことをナチュラルに抱き枕扱いしているみたいじゃないか。

ひとまず今の会話はなかったことにしよう。

メイドは何も言わずに私の隣までやって来た。カレード帝国の騒がしい夜景に目を眇め、

「まだ敵は来ていませんね」と物騒なことを言う。

「今夜はゆっくり休んでおきましょう。明日は戦うことになる可能性が高いです」

「戦いたくない。私は逃げる」

「弱音《よわね》を吐いてどうするんですか。エステルに聞かれたらノリノリで下剋上《げこくじょう》されますよ」

「エステルはそんなことしないだろ……」

ふと部屋のほうを見やる。仲間たちはベッドでぐっすり眠っていた。棺桶に収められた死体のごとく行儀の良い寝相のエステル。そのエステルの首にしがみついてすやすや寝息を立てているコレット。そしてお腹丸出しで枕に足を乗っけている（つまり上下逆さまになっている）ネリア。あいつの寝相はどうなってるんだ。風邪《かぜ》でもひかれたら困るのだが……。

とにかく、起きているのは私とヴィルの二人だけだ。

私は何気ない感じを装って切り出した。

「ヴィルは、コレットのことをどう思うんだ？」

「はい？」

「いやまあ、べつにどうでもいいんだけどな。お前があいつと仲良くしたとしても、私は何も思わないんだけどな。むしろお前に友達ができて嬉しいくらいなんだけどな」

ヴィルはニンマリと笑った。

……なんだその顔？　おちょくってるのか？

「もしかしてコマリ様は嫉妬《しっと》しておられるのですか？　私がコレット殿にとられてしまうのではないかと不安なのですか？　メイドのことが愛しくて愛しくてたまらないのですか？」

「違うっ！　上司として確認しておきたかっただけだ！」

「ご心配なさらずとも、私はコマリ様のメイドですよ。たとえ世界がひっくり返っても、あなたから離れることはありません――おや、」

そこでヴィルがちらりと私の表情をうかがった。

自分がどんな顔をしていたのかは分からない。

メイドの表情からおちょくる雰囲気が消え失せ、「あらまあ」と呆れた様子で笑う。

「意外と深刻な感じなのですね――大丈夫ですよコマリ様。思いつめる必要はありません」

「でも」

「お忘れですか？　私を暗闇《くらやみ》の中から助け出してくださったのはコマリ様なのです。それからずっとコマリ様のことをお慕い申し上げておりました。そしてその思いは、様々な困難に直面するごとに強くなっていったのです。私はどこにも行きませんったら」

「………………」

「そんな疑うような目でジーッと見つめられても困るのですが……、とにかく、私がコマリ様にお仕えしているのは、あなたの直向《ひたむ》きな優しさに惹《ひ》かれたからなのです。そんなコマリ様が世界征服する様を、私はすぐそばで見てみたいと思っているのです」

「私は優しくなんかないぞ。あと世界征服もしない」

「未来は分かりませんので」

ヴィルは「ああそうそう、」と思い出したように言う。

「未来といえば、私の【パンドラポイズン】で予知された死の運命もすぐそこに迫っていましたね。でもご安心ください。コマリ様のお命は、私がいつも通りお守りいたしますので」

「大丈夫なのか？　私が死ぬ映像をハッキリ視たんだろ……？」

「実はコマリ様が死ぬ映像はこれまで五、六回視たことがあります」

「そうなの⁉」

「ですがいずれも未然に回避してきました。今回も同じことです。どういう状況で死ぬのか分からないのが難点ですが……」

何やら不穏な気配がする。でもヴィルが大丈夫と言うのなら大丈夫のはずだ。

予言の瞬間までは時間がある。今から「死にたくない！」と騒いでも意味はないだろう。

ふと苦笑を漏らしてしまった。昔の私だったら泣き喚《わめ》いて引きこもっていたかもしれない。

物騒《ぶっそう》なイベントに慣れた……というのももちろんあるだろうが、それ以上に仲間たちへの信頼が募《つの》っているのだ。これは幸せなことだと私は思う。

「……私は何も心配しなくていいんだな？」

「当然です。私はコマリ様のことを宇宙でいちばん愛していますから。――常世の問題が片付いたら、一緒にあちらのムルナイトに帰りましょう」

「…………そっか。ありがとう」

街の音楽はいつの間にか消えていた。そろそろ寝静まる時間なのだろう。

目の前には優しげな瞳《ひとみ》で見下ろしてくるメイドが立っている。

私は少しだけ躊躇《ためら》ってから、彼女の手をそっと握った。

「え？　あの、コマリ様……」

「これからもよろしく頼むぞ。私は眠いからもう寝るよ」

「え――あ、はい」

私はヴィルの手を離すと、一目散に部屋へと戻った。

何故だか心が弾む。「眠い」なんてのは嘘《うそ》で、本当は目が冴《さ》えて仕方がなかったけれど、浮かれている自分を認識するのはいくらか癪《しゃく》だった。私は自分のベッドに潜《もぐ》り込むと、ぎゅっと目を瞑《つむ》って羊を数え始める。

ベランダのほうからヴィルの呟きが聞こえた。

「コマリ様が……デレた……？　この世が終わるのか……？」

デレてねえよ。あれは部下に対する信頼の表れみたいなもんだ。

……ただ、ヴィルに気を取られてばかりで気づけなかった。

エステルの隣で寝息を立てていたはずのコレットが、ふと寝返りを打つ。その双眸《そうぼう》は、驚きや戸惑いによって大きく見開かれている。

☆

翌朝、私たちはまだ太陽が昇りきっていない時間に出発した。

ベッドの中で「あと一時間～っ」と亀のごとく微動だにしないネリアを叩き起こすのに一時間要してしまったが、それくらいなら誤差の範囲だろう。

――死の運命まで、あと三日。

砂漠を一日歩けばムルナイトに通ずる関所へ至る。相変わらずカンカン照りの地獄みたいな光景だ。敵はまだこちらまで辿り着いていないらしく、ネリアが言うには「さすがにカレード帝国の領土までは攻めてこないんじゃない？」とのこと。

砂漠の行軍は特にトラブルもなく終了した。

日が暮れる前に関所に到着した私たちは、ギルドカードを提示してカレード帝国を出た。

ここから先はムルナイト帝国――つまりコレットの故郷である。

関所付近は小さな街になっていた。

私たちは駱駝を連れてレンタル店へと向かう。

ちなみにシャルロットは何故か道中一言もしゃべらなかった。私がどれだけ「おい」「何か言えよ」「今日も暑いね」と声をかけてもダンマリを決め込みやがるのである。そのせいで私は〝駱駝に話しかける変な人〟扱いされてしまった。遺憾だ。

「シャルロットにお別れしてくるから待ってて」と皆に告げ、私は受付へ向かった。

もしかしたら、こいつには「大勢の前では喋ってはいけない」みたいなルールがあるのかもしれない。

「……おいシャルロット。何で喋らないんだよ」

「私はシャルロットではない」

普通に喋りやがったこいつ……。

彼は「ふん」と鼻を鳴らしてペラペラ続けた。

「ちなみに何故喋らないかと言えば、機密保持のためだ。私はただのレンタル駱駝として間諜活動を行っている。あまり多くの人間に正体を知られたくない」

「やっぱりか。でも私が『こいつ喋るよ！』って言いふらしたらどうするつもりなんだ？」

「あなたがおかしいと思われるだけだ」

確かに。私は心の底から納得してしまった。

「さて――長旅ご苦労だった。私はカレード帝国担当なのでムルナイトまでついていくことはできない。これからの道のりが愉快で有意義なものになることを祈っている」

「ありがとう」

私はシャルロットの頭を撫でてやった。

「シャルロットのおかげで希望が湧《わ》いてきたよ。私たちはお母さんのもとへ向かうけど……お前はこれからどうするんだ？」

「間諜の続きだ。アルカ王国だけでなく〝星砦《ほしとりで》〟の動きも注視する必要があるからな」

「星砦？」

「月級傭兵団の一つだ。そうそう――これも伝えておけばよかったな。国家同士の争いによって常世は混沌《こんとん》としているが、その裏で糸を引いていると思われるのがこの星砦なのだ」

ふと引っかかりを覚えた。

これまでの私だったら「ふ～ん」で済ませていただろう。

しかし華燭戦争《かしょくせんそう》で失敗した経験によって注意力が少し向上していた。

星砦。

どこかで聞いたことがある……そうだ、夭仙郷での戦いの最後。突然現れたカルラのお兄さんが、こんな独り言を呟いていた。

――ひどい有様《ありさま》だな。星砦のやつらは手加減というモノを知らない。

「ネルザンピ？　あいつの組織のことか……？」

シャルロットが大きな瞳を瞬かせた。

「そうだ。〝死儒《しじゅ》〟ローシャ・ネルザンピは星砦の一員。だがそいつは既にあなたによって撃ち滅ぼされた。現在問題となるのは――首魁《しゅかい》の〝夕星《ゆうせい》〟。いやそれよりも、直接的に活動している〝骸奏《がいそう》〟トレモロ・パルコステラのほうが重要か。こいつは常世に争いを起こすべく暗躍していると考えられる」

「え……？」

「名前と顔が割れてもなおノビノビと悪行《あくぎょう》に励んでいる強者だ。やつの目的は〝無益な争いを振りまくこと〟。各国の要人に取り入って戦争が起こるように仕向けているのだ。とんでもなく冷血で好戦的な人間でな……目をつけられたら即座に八つ裂きにされるぞ」

予想外に聞き覚えのある名前が出てきてビックリしてしまった。

トレモロ・パルコステラ。それは最初の街で私を助けてくれた琵琶《びわ》法師だ。

☆

カレード帝国を越えると渓谷の風景が広がっていた。

砂漠は唐突に終わりを告げたのだ。まるで異界に足を踏み入れたような気分。それもそのはずで、地図を見るとカレード帝国の領土だけ何故か砂地まみれになっているのだ。いったいどういう理屈でそうなったのか気になるところではある。

凸凹した道を五人で進む。

近くを川が流れているためか、渓谷の空気は涼しかった。

本当は関所付近で一泊すればよかったのだろうが、アルカの連中がいつ襲ってくるかも分からない現状、一所《ひとところ》に逗留するのはあまりよろしくない。夜まで歩けば渓谷の街に到着するらしいので、私たちはもうちょっとだけ頑張ることにした。

「――だからシャルロットが言ってたんだって。トレモロは〝星砦〟っていう悪い傭兵団のメンバーなんだ。ネルザンピの仲間なんだよ」

「でも、あの琵琶法師は私たちを助けてくれたのよ？　身元不明の喋る駱駝とどっちが信用できると思う？」

「う……」

ネリアと並んで先頭を歩く。

さっきからトレモロの件を説明しているのだが、ネリアは一向に信じてくれなかった――というよりも逆に論破されそうになっている。確かにあの優しそうな琵琶法師が殺人鬼の仲間だと言われてもにわかには信じられなかった。

ちなみにヴィルやコレットは最初から聞いちゃいない。後ろでナゾナゾを出し合って遊んでいる。頼みの綱のエステルは、コレットの出した「引いても掛けても数が変わらない椅子《いす》ってな〜んだ？」という難問の答えが分からず頭を抱えていた。

「誰が敵で誰が味方かなんて分からない。私たちは何も事情を呑《の》み込めていないの――とにかく帝都を目指すしかないわ」

ネリアが溜息《ためいき》まじりにそう言った。

確かにトレモロのことは考えても仕方ないのかもしれない。

仮に彼女が悪人だったとしても、今の私たちには何もできないのだから。

「……まあそうだな、お母さんに会えるしな」

「そうね。また先生に会えるなんて夢みたい」

ネリアは嬉しそうだった。アルカ王国時代、こいつは私の母の教え子だったのだ。

「私はコマリのお世話を任せられているからね。あんたがどれだけ成長したかを見せてあげたいわ。身体は全然大きくなってないけど、きっと先生も腰を抜かすほど驚くと思うわよ」

「ネリア自身はどうなの？」

「え？」

「お母さんに……先生に会ったらどうするの？」

「そうねえ」

少しぎこちない笑みを浮かべて彼女は言う。

「アルカを取り戻して大統領になったってことを伝えたいわね。先生の教えがちゃんと守れているか、確かめてもらいたいわ……叱《しか》られないか心配だけど」

「大丈夫だろ。お母さんは今のお前を見たらきっと喜ぶよ」

ネリアがきょとんとした目で見てくる。

「だってそうだろ？　お前はいつも大統領として頑張ってる。天仙郷ではネルザンピの操《あやつ》り攻撃に打ち勝ったし、常世でも私たちを引っ張ってくれてるし。お前がいなかったら皆アルカの兵士にやられてたよ」

「……や、やめてよね急に」

ネリアは顔を赤くして視線を逸らしてしまった。

珍しい反応だったので興味をそそられる。桃色の大統領はリュックサックを背負い直して視線を前方に向けた。自分の髪をくるくる弄りながら恥ずかしそうに言う。

「私は当然のことをしてるのよ。それが役目だから……」

「でもそれってスゴイことだと思うぞ？　私なんて自分に与えられた仕事も満足にこなせてないんだ。私もネリアみたいに積極性とリーダーシップがある人になりたいなあ……」

「うっ………」

何故か恥ずかしそうに言葉を詰まらせる。英明なる〝月桃姫《げっとうき》〟らしくない反応だ。

しかしジーッと観察しているうちに私はふと気がついた。

「……もしかして、ネリアってストレートに褒められるのに慣れてないのか？」

「だ、だって！」

ネリアはどこまでも素直だった。それについてはとても彼女らしい反応だなと私は思う。

「だって……そんなこと言ってくれる人は周りにいないんだもん……」

「そうかなぁ？　ガートルードとかはネリアを褒めてると思うけど」

「あれは微妙に違うのよ。ガートルードとかレインズワースは私のメイドなの。だから賞賛するのは当然なの。でもコマリみたいに私と対等な友達からそういうこと言われると……なんかムズムズするわ。どうしてくれるのよ責任取ってよね」

なるほどなるほど。この小さな大統領にも色々と事情があるんだな。

思えばネリアには迷惑をかけっぱなしだ。感謝の意も込めて、ここは全力で褒めちぎってお
くとしよう——私はにっこり笑ってネリアの桃色髪に手を置いた。

「ネリアはえらい！　頑張ってる！　ネリアのおかげで今日もご飯が美味《おい》しい！　ありがとう
ネリア——よしよし」

「な……、にゃ……、な、撫でるなああああああああああああああ!!」

猫の断末魔みたいな悲鳴をあげてネリアが数歩後退した。

私は手を宙に浮かせたまま立ち尽くす。ネリアは顔を真っ赤《まか》にして私を睨んできた。

大丈夫かお前？　キャラ崩壊してないか？

「あんたは手つきが先生と似てるのよ！　妹の分際《ぶんざい》でよくもやってくれたわね！」

「い、妹……？　私がいつ妹になったんだ!?」

「前からずっと言ってるじゃない。先生の子なら私の妹みたいなもんよ」

「いや、姉か妹で言えば私は姉だろ！　私のほうが大人びた精神を持っているからな……って
こら！　気安く撫でるな！」

「お返しよっ！　妹は大人しく姉に撫でられていればいいの！　よしよしよしよし」

こいつ、遠慮会釈《えしゃく》なしに撫でてきやがった。

……まあいいや。気持ちいいのでネリアの気が済むまで放置しておこう。

妹のやりたいことを自由にやらせてやるのが姉としての余裕なのである――と思っていたら、突然ヴィルがグイッと割り込んできた。頬《ほお》を膨らませて不機嫌《きげん》モードである。

「いちゃいちゃしないでください。街が見えてきましたよ」

私たちはハッとして前を見た。

窪地《くぼち》となっている部分に無数の建物の影が見える。

あれがムルナイト帝国最初の街、つまり今夜の宿泊地だ。

背後でエステルが「これ問題が間違ってますよね⁉」と叫んだ。コレットは「今頃《いまごろ》気づいたの⁉　エステルって鈍いね」と笑っていた。あの二人は意外と仲が良いらしい。とりあえず喧嘩《けんか》が起こらないことを祈っておこう。

「――さあ行きましょうコマリ様。今夜は一緒に寝ましょうね」

「そうだな。一緒に……寝るかどうかは考えておこう」

「おや？　デレ期はもう終わってしまったのですか？」

「そんなもんは最初から来ていない！　行くぞ！」

そろそろ空に星が煌《きら》めく時間帯だ。

私たちは坂を下って街を目指すのだった。

☆

しかし、私たちの期待は一瞬にして裏切られることになった。

確かに街である。しかし人の気配が少しもなかった。行けども行けども無人、しかも道路や建物のいたるところに亀裂のようなものが入っている――つまり破壊されていたのだ。

私は店の軒下に並んでいる商品を見た。

野菜や果物が腐ってひどい臭いを発している。どうやら営業していないようだ。ぶんぶん飛び回るハエに驚いたエステルが「ひゃっ」と声をあげた。

「あ、あの……閣下？　ここって本当に街なんですか……？」

「どう見ても街だけど、なんか忘れ去られた場所って感じだな……」

「数日前に戦火に巻き込まれたんでしょうね」

ネリアが地図を睨みながら言った。

「実は関所のところで小耳に挟んだのよ。ムルナイトの南方ではアルカやその他の国の軍隊が暴《あば》れ回ってるらしいって……もうちょっと聞き込み調査しておけば良かったわ」

「何だそれ……、他国の軍隊が勝手に入ってきてるってこと？　関所の意味ないじゃん」

私はぞっとして周囲を見渡した。

星明かりに照らされた廃墟《はいきょ》の街。軍の連中は略奪を働いたのかもしれない。家々の勝手口は破壊され、誰かが強引《ごういん》に侵入した形跡が見て取れた。どこかに死体でも転がっていそうな気がして思わず身震いしてしまう。

「……私の村と同じだわ」

コレットがぽつりと呟いた。

「やつらは突然現れて私たちの生活を粉々にしていくのよ。そのせいで多くの人間が悲しんでいるのに……私と『ヴィル』だって……」

「コレット殿。私が言えたことではありませんが、あまり考えても仕方ありませんよ。今日のところは早く休みましょう」

ヴィルがコレットの背中をさする。彼女は沈痛な面持ちで「うん」と頷いた。

しかし休むといってもな……勝手に宿屋に侵入しちゃっていいのだろうか？　エステルあたりが「無賃宿泊なんて駄目ですっ！」とか言って野宿を始めそうだぞ。

ところが、ネリアから予想外の提案が飛んできた。

「どうせなら、星を見ながら寝ない？　雑貨屋から寝袋を盗んできたわ」

「え？　盗んできたの？」

「間違えた！　雑貨屋から寝袋を拾ってきたわ！」

どうやら敢《あ》えて野宿という選択を取るらしい。

不法侵入も窃盗も犯罪であることには変わりないのだが……まあいいか。エステルには聞こえてなかったみたいだし。

常世の夜空は宝石箱みたいに綺麗だから、ワクワクしてきたな。

お風呂《ふろ》に入れないのは気持ち悪いけど仕方がない――と思っていたら、エステルが街の外れに滝を見つけた。渓谷の中に切り開かれた街なので水が豊富なのだろう。よく見れば、滝壺の脇《わき》には脱衣所らしきものもあった。住人が普段水浴び用に使っていたのかもしれない。

私たちは服を洗ったり身体を清めたりした。

全裸のヴィルが抱き着いてくるという事件も発生したが、これはべつに特筆すべき現象ではないので割愛する。ただしコレットに白い目で見られて「うっ」と怯《ひる》んでいたのが印象的だった。変態メイドのくせに理性を取り戻すんじゃない。

そうして私たちは星空のもとで焚火《たきび》を囲んだ。

ぱちぱちと弾《はじ》ける炎を見つめながら、夕飯の魚（エステルがさっき手掴《づか》みで捕まえた）をむしゃむしゃと食べる。カレード帝国で購入したスパイスがぴりりとして美味しかった。

「あ！　お菓子買ってあるんだけど、食べる？」

ネリアがリュックから様々な甘味を取り出した。

チョコレート、マシュマロ、練り羊羹《ようかん》、すこんぶ……コレットが「わーい！」とお菓子を選び始める。私は思わずネリアを振り返ってしまった。

「こんなに買って大丈夫なの？　金欠なんじゃなかったっけ？」

「おやつを友達と一緒に食べるのが遠足の醍醐味《だいごみ》でしょ？　それに――冷静に考えれば、借金なんか返さなくてもいいのよ。元の世界に帰っちゃえば連中は私たちを追いかけることもできないんだから」

なんつー悪辣な思考回路だ。エステルが顔を引きつらせているではないか。

「カニンガム大統領……借りたお金は返さないと違法ですよ……？」

「なぁに？　私たちは常世の人間じゃないのよ？　常世の法律に従う義務ある？」

「あると思いますっ。常識的な観点から考えればですね――」

「そんなんじゃ駄目ね。たとえばカレード帝国には『一日一食はカレーライスを食べなきゃいけない』っていう法律があるらしいわ。でも私たちは外国人だから守らなくていい」

「はい……あれ？」

「つまり私たちは常世の法律に従う必要はないってわけ。借金踏み倒しても知らん顔してればいいのよ――ほら、エステルもチョコレート食べなさい」

「いや、あの、えっと……あれ？　あれれ⁇」

エステルは難しい顔をしてチョコレートを咀嚼《そしゃく》し始めた。彼女も旅の疲れが溜《た》まっているらしい。普段ならばネリアの詭弁《きべん》など一顧だにしないだろうに。

ふとコレットが「あ」と声をあげた。

彼女は棒つきキャンディを握りしめながら神妙な顔をしている。

「どうしたのですか？　イチゴ味の飴《あめ》ですね」

「これ……賢者様が大好きな飴よ」

「まあ確かに好きか嫌いかでいえば好きだな」

「あんたって自分のことを賢者だと思ってる異常者なの？——ほら、前に言ったじゃない。賢者様っていうのは六百年前に世界を平定した吸血鬼のことよ」

そういえば言っていた気がする。

この世界には私以外にも賢者が存在するらしいのだ。

「ねえ知ってる？　この飴って、私の故郷の村が発祥地なんだよ」

コレットが得意げに言う。私は呆れてしまった。

「そんなのどこにでもあると思うけどな……？」

「どこにでもあるようにしたのが賢者様なのよ。賢者様はこの飴が大のお気に入りだったの。だから世界各地で生産するように命令したんだって。ちなみにオリジナルは血と砂糖を混ぜて作った吸血鬼用のものね。ムルナイト以外だとイチゴ味になってるみたい」

コレットは飴をヴィルの目の前でゆらゆらと揺らした。

「ねえヴィル、これに見覚えはない？　幼馴染の『ヴィル』と一緒によく食べたんだけど」

私は不思議な気分になった。

コレットの瞳には何かを探るような色が見え隠れしている。

「向こうの世界でも普通に売ってますよ。あと諸事情あって作ったこともあります」

「ふーん」

何故か残念そうに夜空を見上げた。彼女の内心がイマイチ分からない。

まあそれはそれとして――賢者様とは何者なのだろう？

血の飴が大好きな吸血鬼と言われても、スピカしか思いつかない。実はあいつが常世を創った神様だったりするのだろうか？　まさかな。あはは。

ネリアがマシュマロをつまみながら「さ〜て」と笑みを弾けさせた。

「何して遊ぶ？　夜はまだまだ続くわよ」

「お前は寝たほうがいいんじゃないか？　どうせまた寝坊するんだろ？」

「私は起きる時間を決めていないの。だから今まで寝過ごしたことなんてないわ」

「嘘つけ！　お前の寝坊のせいで死にかけたこともあるんだからな！――ほらエステルを見習えよ。エステルはいい子だからもう就寝してるよ」

「はやくないっ⁉　ちゃんと歯を磨いたの⁉」

「エステルは疲れているようなので寝かせておけばいいのですよ。私たちは修学旅行の定番イベントである〝恋バナ〟に花を咲かせましょう。ちなみに私の好きな人はコマリ様です」

「いきなり風情《ふぜい》もへったくれもない告白してくるなっ！」

そんなこんなで夜は更けていった。

エステルはぐっすり眠っている。ヴィルは暴走して「どうやったらコマリ様を落とすことができるでしょうか?」と真顔で私に相談してくる。これを聞いたコレットは膨れっ面だ。私が「知るかばか」と返すと「ではカニンガム殿の好きな人を聞きましょうか」と何故かネリアに飛び火。桃色大統領は「いないわよそんなのっ!」と顔を赤くして黙ってしまうのだった。

本当に旅行をしているみたいだった。

引きこもりの吸血鬼には新鮮すぎる体験だ。

私はなんだか満ち足りた気持ちを感じながら夜の時間を過ごした。お菓子を食べ、他愛《たあい》もない雑談に興じ、やがて眠気で意識が朦朧《もうろう》としてくると寝袋へと潜り込んだ。

天気が崩れ始めたのは、それから一時間ほど経過した頃だった。

夜空に分厚い暗雲がかかる。月の明かりが遮《さえぎ》られて世界が暗黒に満たされる。寝袋に包まって星を見つめていた私は、ポツポツと鼻先に雫《しずく》が落ちてくるのを感じて飛び起きた。

「つめたっ⁉――――おいみんな! 雨が降ってきたぞ⁉」

しかしヴィルもエステルもコレットもまだ気づいていないようだ。

私はいちばん近くにいたネリアを揺すった。しかし彼女はフニャフニャした声で「マシュマロいっぱいいっぱい……」と謎《なぞ》の寝言をほざいていた。朝ですら起きない桃色少女が深夜に目を覚ますはずがないのだ。

しかしさすがに雨脚が強くなってくると話は別である。

ネリアの顔をむにむにと捏《こ》ねているうちに、大粒の雫が大量に降ってきた。ヴィルとエステルが慌てて跳ね起きる。コレットが「なに～？」と眠そうに上体を起こした。ネリアも口の中に雨水が入ったことでようやくパチリと目を見開く。

「へ？　雨……？　ううん……レモンジュースのシャワーだわ……」

「まだ寝ぼけてんのかよ⁉　風邪ひくからさっさと移動するぞ！」

「閣下！　とりあえず荷物は全部まとめました！　ほら行きますよコレットさん」

「さすがですエステル。コマリ様、いったんそこの家屋に避難を――」

不意にゴロゴロと雷の音が鳴った。

どうやら本格的に天気が崩れてきたらしいな――と不安に思った直後、
ぴーん‼――と、ヴィルが針金みたいに全身を固まらせた。

「……ん？　どうしたんだヴィル？」

「い……いえ……、なななな何でもありませんが……」

空がピカッと光った。

それを見たヴィルが「ひうっ」と変な声を漏らす。

「……いやどう見てもおかしいぞ？　具合でも悪いのか？」

「元気ですっ！　元気ですから何の問題もありませんっ！　はやく建物の中に――」

ヴィルが明らかな空元気を発揮して歩き出そうとした瞬間のことだった。

ぴしゃあああああん‼

天地を貫くような音とともに雷が落ちた。

「きゃあああああああああ‼」

「おわあああああああああ⁉」

私は雷に打たれて死んだのかと思った。それほどの衝撃が全身を襲ったのである。

気がついたときには変態メイドによって泥の上に押し倒されていた。

え？　こいつが助けてくれたのか？――と思ったけど違った。光と音の間隔からして明らかに位置が違う。むしろ私はメイドのタックルによって吹っ飛ばされたのである。

彼女は私の胸に顔を埋めてジッとしていた。

「ヴィル……？」

「……何でもありません」

メイドがゆっくりと顔をあげた。

そこにはいつも通りのクールな表情が浮かんでいた。

でも微妙に違う気がする。両目から流れているのは雨じゃなくて涙な気がする。再び空がゴロゴロと唸《うな》りをあげた。するとヴィルが眉根《まゆね》を寄せてガクガクと震え始めた。いや重たいから私の上で震動しないでくれよ。

「こ……こま……こまこま……こまり様……雷が……」

「ああ……そういえば、お前って雷が苦手なんだっけ……？」

「苦手ではありません……昔から嫌いなだけで」

ぴしゃあああああん!!――――再び轟音《ごうおん》が響きわたった。

ヴィルは「きゃあああっ」と女の子らしい悲鳴をあげて私にしがみついてきた。

無敵の変態メイドにも弱点はあった。

それが雷なのである。これに関してはガチのマジで怖いらしいので、日頃《ひごろ》ヴィルの弱みを探っている私でも「やーい雷が怖いんだ～！」と茶化《ちゃか》したりはしない。可哀想だからだ。

「コマリ！　はやく来なさいよっ！」

すでに建物に避難したネリアたちが大声で呼んでいる。

私はヴィルの頭を優しく撫でてやった。

「大丈夫だよヴィル。私がついていれば雷なんて怖くない」

「あのですねコマリ様。べつに怖いわけではないのです。私に怖いものなんてないのです。これはただ身体が条件反射的に反応してしまうだけであってですね」

「そっか。ネリアたちのところへ行こう」

「…………。……はい」

私はヴィルの手を取って立ち上がった。

せっかく水浴びしたのに雨と泥で全身ぐしょぐしょだ。

また焚火でもして暖まりたいものだが――

ずょん。

「……え？」

ふと。雷雨の音にまじって聞き覚えのある音色《ねいろ》が流れてきた。

私は何気なく振り返った。

街の入口から誰かが近づいてくる。いや、「誰か」どころではない。大勢の人間がぬかるんだ地面を踏みしめながら駆け寄ってくる――そんな気配がするのだ。

「？　コマリ様？　どうなさったのですか？」

私にしがみついているヴィルが不審そうに首を傾げた。

嫌な予感がした。

確証はない。しかし何か不気味な運命がすぐそこまで迫っている気がした。

はたしてそいつは雨の中からぬらりと姿を現した。

「――ごきげんよう。今宵《こよい》はよい天気ですね」

赤らんだ微笑。両目を覆《おお》う帯。ゆったりとした法衣のポケットに手を突っ込んでいる。背負っているのは私にはあまり馴染《なじ》みのない弦楽器、琵琶だ。

〝骸奏〟トレモロ・パルコステラ。

月級傭兵団〝星砦〟の一員。

そしてシャルロット曰く――常世に戦乱を招いている世紀の大悪人。

「トレモロ……なんでお前がここにいるんだ？」

「ネルザンピ卿から連絡があったのです。私はまったく気づきませんでした――まさかテラコマリ・ガンデスブラッドさんが、我ら〝星砦〟の心願成就《じょうじゅ》を妨《さまた》げる障害だったとは」

トレモロは不思議によく通る声でそう言った。

やはりこの少女は敵だったのだ。最初の街で私を助けてくれたのは、テラコマリ・ガンデスブラッドの素性を知らなかったからにすぎない――

ただならぬ気配を察知したネリアとエステルが駆け寄ってきた。

「何の用？　わざわざ砂漠を越えて追いかけてくるなんて熱心ね」

トレモロは「ふふ」と可憐《かれん》な笑みを浮かべる。

「砂漠は越えていませんよ。トゥモル共和国側を迂回すればカレード帝国と衝突することなくムルナイトまで侵入できます。まあ私は衝突してほしかったのですが――アルカの方々も損耗を避けたかったでしょうからね」

「何を言ってるんだ……？」

「べつにあなた方を殺そうとは考えておりません。見境のない殺生《せっしょう》は戒律に抵触いたしますもの。……ただ、私は依頼されてコマリ倶楽部の居場所を教えて差し上げただけです」

トレモロが視線を背後に向けた。

無数の靴音が聞こえてくる。私もヴィルも固唾《かたず》を呑んで硬直していた。やがて雨の向こうから姿を現したのは、いつぞやの甲冑《かっちゅう》どもである。しかし人数は前回の比ではなかった。暗いのでよく分からなかったが――おそらく百人以上いるのではないだろうか。

ネリアが双剣の柄に手をかけて身構えた。

「最悪ね。もう追いつかれたなんて……」

「ふふ。ムルナイトに逃げ込んだからといって安全ではありません。常世には争いのない場所がないのです――そしてここに新しい争いの芽吹きを感じます」

甲冑どもが近づいてきた。明らかに私たちを殺す気満々である。

私は雷で腑《ふ》抜けているヴィルを背後に隠しながら絶叫した。

「ちょ……ちょっと待て！　ここで争う必要ないだろ！　今日はもう遅いぞ⁉」

「面白《おもしろ》いことを仰いますね。しかし彼らの怒りは収まらないのです。アルカ政府は巫女姫に逃げられてしまいました。しかも巫女姫は宮廷の金銀財宝を盗んでいったのです。面子《メンツ》というモノのためには必ず殺害しなければならないとか。なんとも卑俗なことでございます」

「はあ……⁉　金銀財宝って……どういうことだよコレット⁉」

「知らないわよっ‼」

建物から飛び出してきたコレットが悲痛な声をあげた。

「そんなの知らないっ！　私は逃げるだけで精一杯だったのよ⁉」

「はて？　しかしアルカ宮廷からは国宝が何点か消えているそうですが」

「何それ……」

コレットの目に嘘はなかった。

あの馬車にだってそれらしきモノは積まれていなかったのだ。

そうして私はトレモロ・パルコステラの残酷さを一瞬にして見抜いた。

こいつは――おそらくアルカを激怒させるために罪をでっち上げたのだ。

ネリアが双剣を抜く。ヴィルが震えながらもクナイを構えた。エステルはチェーンメタルを握りしめて緊張している。

トレモロは薄く笑って宣言した。

「私の役目はこれで終わりです。さあアルカの皆さん――頑張ってくださいね」

☆

甲冑どもが喊声《かんせい》とともに襲いかかってきた。

「このっ……！　私はアルカの大統領だってのに……！」

ネリアが双剣を振り回して最初の一人を吹き飛ばす。

金属と金属がぶつかるたびに耳障りな音が響き渡った。

夜の修学旅行は一瞬にして血みどろの修羅場《しゅらば》と化してしまったようだ。

ヴィルもエステルも武器を振り回して果敢に立ち向かっていた。アルカ兵士の練度はそれほど高くないようで、彼女たちでも対処できるレベルだったが――しかし人数が全然違った。

敵は無尽蔵にワラワラと湧いてくる。

倒しても倒しても次から次へと突っ込んでくるのだ。

あまりにも多勢に無勢《ぶぜい》、このまま放置しておけば確実にこちらが不利だった。

「コマリ様！　いったん退いてくだ――ひゃあああああ⁉」

雷鳴が再び轟《とどろ》いた。ヴィルは涙目になって硬直してしまう。

その隙《すき》を逃すはずもなく、一人の甲冑が剣を振り上げて突貫してくる。

「ヴィルさんっ！」

「うがッ」

しかしエステルの放ったチェーンメタルが間一髪で敵を薙《な》ぎ倒《たお》した。

私はほっと胸を撫で下ろす。ついにエステルが本気を出してくれたらしいのだ。彼女はキリッとした眼差《まなざ》しをアルカ兵士に向けて叫んだ。

「あなた方は常世の人間のはずです！　つまり常世の法律に従う義務があるんです！　カレード帝国の図書館で調べました、この世界でもいきなり乱暴を働くのは違法だそうですっ！　ゆえに――私は正当防衛のために戦いますっ！」

魔力がないので普段のごとく自由自在に武器を操ることはできないが、それでもエステルは強かった。鎖に導かれた必殺の刃が風音とともに廃墟の街を蹂躙《じゅうりん》する。甲冑たちは悲鳴を木霊《こだま》させながら倒れ伏していった。

私は仲間たちの奮戦を眺め、ギュッと拳《こぶし》を握りしめた。

そうだ。呑気《のんき》に観戦している場合じゃない。皆が頑張っているのに一人だけ震えているだなんて情けないにもほどがある――そう思って私は周囲をきょろきょろ見渡した。

ヴィルもエステルもネリアも忙しそうだ。

くそ……、今更だけど瓶《びん》とかに血を入れて持ち歩いていればよかったんじゃないか？

どうして私はそんな単純なことにも気づかないのだろう。ばか。あほ。間抜け。

「――コレット！」

そこで、樽《たる》の後ろに隠れている空色少女の姿を見つけた。

四の五の言っている状況ではない。私は大騒ぎの戦場を駆け抜けてコレットのもとに急行した。彼女は近づいてくる者の気配に気づくと、「うわあ！」と変な声を出した。

「やめて！　殺さないでっ！　私は村に帰りたいのっ……！」

「落ち着け！　私だよテラコマリだ！　血を吸わせてくれ！」

「テラコマリ……⁉　って血⁉　この状況でなに言ってんのよあんた⁉」

「私は血を吸うと超パワーを発揮できるんだ！　烈核解放……じゃなくて〝能力〟ってやつを持ってるんだよ！」

「やだやだやだやだ！　あっち行ってよ！　敵に見つかっちゃうだろぉっ！」

「この分からず屋ぁーっ!!　お前はヴィルがこれ以上傷ついてもいいのかよ!?」

コレットがハッと息を呑んだ。

やっぱりこの子はヴィルのことになると態度が変わる。吸血する許可をもらう余裕なんてなかった。コレットが戸惑っているうちに済ませてしまおう——そう思って手を伸ばす。

しかしできなかった。

「え——」

いつの間にかコレットの肩口から液体が噴き出していたからだ。

暗いので、最初はそれが何かはよく分からなかった。雨とは違うぬるりとした感触が私の手にこびりつく。特徴的なにおいから、それが血であることがすぐに理解できた。

「おい……コレット!?」

コレットはぐったりとその場に倒れ込んでしまった。

私は彼女の背後の樽に突き刺さった剣を見た。

とばっちりだ。あれに肩を抉《えぐ》られたのだろう。なんて運の悪い——

「——巫女姫だけではないようですね。なんと虚しきこと」

ずょん。ずょん。雨音にまじって琵琶の音が響く。

トレモロ・パルコステラが後ろに立っていた。

攻撃してくるわけではない。彼女は悲しそうな顔で市街地の戦闘に目を向けていた。

私もつられて仲間たちのほうを振り返った。

エステルの脇腹《わきばら》に刃がめり込んでいた。チェーンメタルがじゃらりと地面に落ち、紅褐色《こうかっしょく》の新人吸血鬼はひとたまりもなく倒れ込んでしまう。

それを目にしたネリアに一瞬の停滞が生じた。両手の双剣がそれぞれ弾かれ、桃色の軌跡を描きながら吹っ飛んでいく。驚き目を見開く彼女の腹部に、兵士の蹴《け》りが突き刺さった。

再び雷鳴が夜空に響いた。助けに入ろうとしたヴィルの動きが鈍る。

甲冑たちは歓喜の声をあげて斬《き》りかかった。

「終わりですね。テラコマリさん」

トレモロがくすりと笑う。

「これで憂《う》き世はさらなる悲しみに包まれるでしょう」

「…………、」

私は絶望に呑まれて立ち尽くし――さなかった。

こんなところで終わるわけにはいかない。私はお母さんと再会して元の世界に戻らなければならないのだ。無闇に戦いを起こしたがる馬鹿《ばか》どもを許してはおけなかった。

琵琶法師を睨みつけながら口を開く。

「……勘違いするなトレモロ。私が死ぬのは今日じゃない」

「はい？」

右手についたコレットの血をぺろりと舐《な》めた。

変化はすぐに起きた。

世界が紅《あか》く染まっていく。常世には存在しないはずの魔力が爆発《ばくはつ》する。何度味わっても慣れることのない暴力的な衝動が私の中に芽生えていった。

烈核解放・【孤紅《こ こう》の恤《とむらい》】——

吹きすさぶ風雨を消し飛ばす勢いで私は飛翔《ひしょう》する。

アルカの連中が恐れをなして尻餅《しりもち》をついた。

そうだ。そうやってじっとしていればいい。お前たちが長生きする秘訣《ひけつ》はただ一つ、争いごとなんて忘れてみんなでなかよくごはんをたべることだ。だから——

「——しね」

☆

気づいたら空が白んでいた。といっても依然土砂《どしゃ》降りなのでそれほど明るくはない。

廃墟だった街は、もはや原形も留めていないほどに破壊されていた。私が何らかの魔法をぶっ放した影響だろう。

辺りにはアルカの甲冑たちが何人も倒れている。

そして――植木屋の近くには、ボロボロになったトレモロが四肢を放り出して気絶していた。さすがにあの状態から襲いかかってくることはないはずだ。

「うっ……」

左足首に鋭い痛みが走った。見れば、横一線の切り傷ができている。

【孤紅の恤】を発動している最中に怪我《けが》をしたのかもしれない――しかし自分が感じる痛みなんてどうでもよかった。

私は倒れている仲間たちの状況を確認した。

コレットは意識を失っている。肩口の傷はそれほど深くないようだ。

一方でエステルはまずいかもしれない。抉られたお腹が痛いのだろう、彼女は顔を青くして震えていた。私がしっかりしていればこんなことにはならなかったはずなのに……あまりにも可哀想で、自分が情けなくて、ぽろぽろとこぼれる涙を堪《こら》えることができなかった。

「ごめんね、二人とも……」

「コマリ。はやく出発するわよ」

ネリアが鼻血を拭いながら近づいてきた。

ネリアもネリアで殴られて壁に顔面を強打したらしい。が、それでも行動には支障はないとのことだったので、私はほっと安堵の溜息を漏らしてしまった。

「関所まで戻る？」

「先に進んだほうが早いですね。次の街までそう離れていませんので」

地図を確認しながら呟いたのはヴィルである。

彼女はこの戦いを唯一無傷で切り抜けることができたのだ。

「私がエステルを背負うわ。あんたはコレットをお願い」

「ま、待ってよ。私が背負ってくよ。みんなに無理させられないし……」

ネリアがふっと優しい笑みを浮かべて言う。

「あんたも怪我してるわ。こういう時は助け合うのが大事なのよ。……まあ、どうしても無理ってなったらコマリの手を貸りるわ」

「うん……」

私たちは怪我人に簡単な手当てを施してから廃墟の街を出発した。

心の内に蜷局《とぐろ》を巻いているのは鬱屈《うっくつ》とした絶望だ。

仲間たちを傷つけてしまった。これではお母さんに合わせる顔がない――しかし、いつまでもクヨクヨしているわけにはいかない。

残された道は、先に進むことだけなのだから。

合羽《かっぱ》を着て豪雨の中を進む。

私たちは必要以上のことは喋らなかった。旅行気分でいたところを突然平手打ちされたものだから、ヴィルもネリアも気を引き締めているのだろう。

足の痛みがひどくなってきた。

でもコレットやエステルの苦しみに比べたら屁《へ》でもない。

私は歯を食いしばって過酷な行軍を続けた。

「…………」

雨に打たれながら長時間歩いているせいだろうか？

私の心の中で「もういやだ」という感情がすくすく育っていった。

ムルナイトの自宅が恋しい。部屋に引きこもってベッドで惰眠《だみん》を貪《むさぼ》りたい。自由に本を読みたい。一人きりで小説を書いていたい――

「――コマリ様。大丈夫ですか」

ふとヴィルが心配そうに声をかけてきた。

労《いたわ》りの気持ちがこもった眼差し。それを感じるだけで心に吹き溜まっていた悶々《もんもん》がどこかへ飛ばされていくのを感じた。やはり私を部屋の外へと引っ張り出してくれるのは、いつでもこのメイドなのだった。私は「うん」と頷いた。

「大丈夫だよ。お前のおかげで」

「はい……？　私は何もしておりませんが」

「まあそうだけど……そうじゃないんだ」

「……変なコマリ様」

ヴィルは釈然としない様子で再び前方に視線を向けた。

こいつがいれば、私はいつでも外の世界に戻ってくることができるだろう。それは今までの経験則からもよく分かった。マイナス思考なんて全部放り捨ててしまえばいいのだ。

ふと光が差し込んだ。

私は驚いて天を仰ぐ。雲の切れ間から麗らかな陽光が降り注《ふそそ》いでいた。いつの間にか雨脚も弱まってきているようだ。雲のやつもそろそろ疲れてきたらしい。

ネリアが「わあ！」と声をあげる。

「やっとやんだわね！　今度降り始めたらぶった斬ってやるんだから！」

「何をぶった斬るつもりなんだよお前は」

「あ――見てくださいコマリ様。次の村の看板がありますよ」

ヴィルが指で示す先にはボロっとした看板が立っていた。馴染みのない字体だったので分かりにくいが――確かに『この先ルミエール村』と書かれていた。

……ん？　ルミエール？　それってコレットのファミリーネームじゃなかったっけ？

ネリアが「おかしいわね」と首を傾げた。

「地図には〝ジュール村〟って書いてあるわ。というかジュール村まではもう少し距離があるはずなんだけど……？」

私たちは看板の案内に従って林道を進んだ。

両脇《りょうわき》には無数の祠《ほこら》が並んでいる。その中には人型の石像らしきものが鎮座していた。赤い布でできた巫女のような服が着せられているが、この地特有の宗教か何かだろうか……？

ふと私は気づく。ヴィルが妙にそわそわしているのだ。

「どうした？　寒いの？」

「いえ……気のせいかも……」

やがて視界が開け、小さな村の景色が目に飛び込んできた。

石造りの建物が並んでいる。お昼時だからだろうか、それぞれの家屋の煙突からはモクモクと煙が吐き出されていた。

私が抱いた感想は、「やっと着いた」「廃墟じゃない」という安心感である。

これで皆ゆっくり休むことができるのだ。嬉しくないわけがない。

「コマリ！　ヴィルへイズ！　はやく人を呼んでくるわよ！」

「うん！　行くぞヴィル――――ヴィル？」

しかしヴィルが抱いた感想は私たちとはまったく別物だったらしい。

彼女は目を見開いて突っ立っていた。どこかで見た常世のチョウがひらひらと鼻先を飛んでいく。しかし、その翡翠《ひすい》の瞳はじーっと村の風景に据えられていた。

「どうしたんだ？　疲れてもう歩けないのか？」

「……いえ、何でもありません。妙なデジャヴを感じただけです」

胸騒《むなさわ》ぎを覚えた。

でも、ヴィルが「何でもない」と言うのだから何でもないのだろう。

私は不安を振り払うように何度か強く瞬きをすると、彼女の手を引いてネリアの後に続くのだった。

――死ぬまであと二日。

ルミエール村は、人口五百人程度の小さな村だった。

私たちは大急ぎで診療所に連れていかれた。

診療所とは、ようするに病気や傷の治療をするための施設だ。

常世《とこよ》には魔核《まかく》がないため、クーヤ先生みたいなお医者様がそれなりにいるようである。

コレットもエステルもすぐに目を覚ました。

眼鏡《めがね》をかけた初老のお医者様によれば、「二人とも命に別状はない」とのこと。

ただしエステルは微妙に傷が深いので、一週間ほど入院することになってしまった。

「申し訳ございませんっ！　第七部隊には『敵に敗北したら死刑』っていう規律があると聞きました……！　あのっ、私は覚悟を決めたほうがいいのでしょうか……」

「決めなくていい決めなくていいっ！　そんな規律ないからっ！」

どうせヨハンやカオステルが吹き込んだのだろう。

あいつらは『もうお菓子を作ってあげないの刑』だ。

それはさておき――

「ああコレット！　よく帰ってきたな！」「無事でよかった！」「無事なわけあるか、こんな怪我《けが》をしているんだぞ」「そうだそうだ！　アルカのやつらは許しておけん！」「今はゆっくり休んでくれ。帝都の村長にも連絡しておこう」

――コレットのベッドの周りには、大勢の村人たちが集まっていた。

こんな偶然あるのかよ、と私は呆《あき》れる。

何を隠そう、ルミエール村はコレット・ルミエールの故郷だったのだ。

巫女《みこ》姫を育てるための隠れ里で、地図にも載っていない秘密の花園。迷って放浪しているうちに、たまたま辿《たど》り着いてしまったようだ。

『次期巫女姫帰還』――そのニュースは光の速さで村を駆け巡った。さっきからひっきりなしに村人が訪れては「よかったよかった」とお見舞いをしていくのである。

コレットはもみくちゃにされながら、しかし満更《まんざら》でもなさそうに笑っていた。

あいつの心からの笑顔は初めて見た気がした。

まあこれまで過酷な旅路《たびじ》だったから、無理もないけれど……。

「意外な展開になったわね」

ネリアがエステルに林檎《りんご》を食べさせながら言った。

「たまたま寄った村がコレットの故郷だったなんて……、でもよかったわ。村の人たちの喜びようを見ると、こっちまで嬉《うれ》しくなるわね」

「私たちは完全に蚊帳《かや》の外だな。いいんだけどさ」

私はエステルの口に林檎を運びながら周囲に視線を走らせた。

村人はコレットしか眼中にないらしい。中には泣いて喜んでいるお爺《じい》さんもいた。

「それにしてもコレット殿は人気ですね。さすが次期巫女姫です」

ヴィルがエステルの口に林檎を突っ込みながら首を傾《かし》げる。

「でもそうなると変じゃない？　なんであんなに人気な巫女姫様を献上品なんかにしちゃったのかしら？　村人たちが納得したとは思えないんだけど……」

ネリアが再び林檎を爪楊枝《つまようじ》で刺した。それを見たエステルがぎょっとして「すみませんっ！もうお腹《なか》いっぱいですっ！」と叫んだ。確かに食わせすぎだった。私はエステルにあげようと思っていた林檎を自分でシャクリと齧《かじ》る。

そのとき、村人の輪から一人の男性がこちらに近寄ってきた。

私たちを診療所まで案内してくれた、ルミエール村の副村長である。

「コマリ倶楽部の皆さん、本当にお世話になりました」

彼は朗《ほが》らかに笑って頭を下げた。

「コレットはルミエール村、ひいてはムルナイト帝国にとって大事な次期巫女姫です。よくぞここまで護衛してくださいました」

「あ、いえ。私なんか何もできてないし……」

ちょっと緊張しながら頭を下げ返す。

彼は恐縮した様子で「そんなことはありません！」と首を振るのだった。

「コマリ倶楽部は恩人です。今日は村総出で歓迎会も開く予定ですから、ごゆるりとお寛《くつろ》ぎください。村長にかわって私が歓待いたします」

「村長はいらっしゃらないのでしょうか？」

「ええまあ、」

副村長は困ったように笑った。

「村長夫妻は巫女姫の後見人ですから、しばしば帝都に滞在しているのです。むしろルミエール村にいる時間のほうが少ないくらいで」

「もしかして……、村長夫妻というのはコレット殿のご両親だったり？」

「その通りでございます。いえ、コレットはルミエール家に迎えられた養子なので、血のつながった親子というわけではありませんが……、しかし間の悪いことでありますな。娘が帰ってきたタイミングで不在とは」

ヴィルは「ふむ」と顎《あご》に手を当ててコレットを見つめる。

……？　なんだろう？　変態メイドの様子が少しだけいつもと違うような……？

まあいいか。とりあえず歓迎会を楽しみにしておこう。美味《おい》しい常世の料理が食べられるといいな。

ルミエール村から帝都までは一週間ほどかかるらしい。

本来ならばすぐにでも出発するべきなのだが、エスエルの怪我の件もあるので、しばらく滞在することになった。ネリア曰《いわ》く「アルカの軍勢は渓谷の街で撃破したから追ってこないでしょう」とのこと。

☆

先を急ぎたいのは山々だが、今のところは旅の疲れを癒《いや》すとしよう。

というわけで、私たちは歓迎会が開かれる集会所を目指して村を歩いていた。

ちなみにエステルだけは絶対安静なので診療所で待機である。可哀想《かわいそう》だから後で料理を持っていってあげよう。

「ヴィル、ここが私の故郷のルミエール村よ！　いい場所でしょ？」

「はい、とても素敵な場所ですね」

「永住したくならない？　移住はあんまり受け入れてないみたいだけど、ヴィルだったら村のみんなも大歓迎だと思うわ！　あとついでにエステルも強制移住させようかな」

「はあ」

「ねえ、あそこの水車小屋に見覚えはない？　よく幼馴染《おさななじみ》と一緒にお弁当を食べた場所なんだけど……」

「私がここに来たのは初めてなのですが」

「そうよね。あ、ほら！　あっちに見えるのは村で唯一の学校よ――」

ぬかるんだ道を踏みしめながら、コレットは絶え間なくヴィルに話しかけていた。

私は彼女の後姿をこっそり見つめる。故郷に帰ってこられたのでテンションが爆上がりしているのだろう……と思ったが、それ以外にも何かがある気がした。

思い返してみると、カレード帝国を出発したくらいからコレットの雰囲気が変わった。ヴィルに対して探りを入れるような言葉を投げかけるようになったのだ。

これが何を意味するのかは分からないが、何故《なぜ》だか胸中がざわつく。

「なあコレット、村の観光地とかを紹介してくれないか？」

私は二人の会話に割り込む形で口を開いた。

コレットが「はぁ？」と不良みたいな唸《うな》り声とともに振り返る。

「観光地なんか知ってどうするのよ」

「いや、せっかくなら見物したいなあって」

「あの馬小屋の裏手に有名な公衆トイレがあるよ。世界遺産にも登録されてるスゴいトイレだから、見てくれれば？　私とヴィルは歓迎会に行っちゃうけどね」

「トイレが世界遺産なわけないだろ……」

「ふん、あんたはこれから地獄を見ることになるのよ。チビらないようにトイレでも済ませておきなさいって意味よ」

「意味が分からないんだが」

「あっそ。まあ、あんたはガキだから分からないか」

な、なんだこいつ……？

私に対する態度があからさまに冷たくないか？

あと地獄って何だ？　そもそも私はガキじゃないんだが？

そんな感じで呆然《ぼうぜん》としているうちに、村の中心部――集会所に辿り着いた。

広い庭にはたくさんのテーブルが設置され、色とりどりの料理が並べられている。どうやら立食形式のパーティーらしい。

「おお、コレット！　それにコマリ倶楽部の皆さんも！」

肉の載った皿を運んでいた副村長が、私たちの到着に気づいて満面の笑みを浮かべた。

すると会場のあちこちで拍手喝采《かっさい》が巻き起こる。

「お帰り！」「よくぞ巫女姫を助けてくれた！」「今宵《こよい》は宴じゃ！」――そういう愉快な声が夕焼け空に木霊《こだま》した。集会所の庭には大勢の村人が駆けつけてくれていたのだ。

私は何故か気恥ずかしさを感じてコレットを見た。

彼女は得意になって両手を振っていた。

……うん、べつに恥ずかしがる必要はないな。私もあいつを見習おう。

「さあ遠慮なく寛いでくれたまえ。そしてこれまでの話を聞かせてくれると嬉しい――コレットの帰還と、コマリ倶楽部の活躍を祝して乾杯！」

副村長の音頭《おんど》によって宴が始まった。

参加者たちはそれぞれ「乾杯！」とグラスを掲げる。私も慌てて目の前のテーブルにあったコップを握りしめるのだった。

夕食会は賑《にぎ》やかに進行した。

余興として和太鼓《わだいこ》がドンドコと打ち鳴らされ、辺り一帯をお祭りのような雰囲気に染め上げている。私は野菜たっぷりのオムライスをスプーンで切り崩しながら、コレットとヴィルの様子をじ～っと観察していた。

「……あいつ、村人に人気なんだな」

「そりゃそうでしょ、次期巫女姫なんだから」

隣のネリアがグラスの牛乳を飲みながら言う。

コレットは会場の真ん中で村人たちに囲まれ、もみくちゃにされていた。彼らが「無事でよかった」「これで村は安泰だな」と声をかけるたび、コレットはくすぐったそうに笑う。

「昼に鳥を飛ばしたから、じきに村長さんの耳にも入るだろう。きっと大喜びするぞ」

「でもいいの？　私って戦争を止めるための献上品だったんでしょ……？」

「構うものか！　あんな託宣には誰《だれ》も賛成しちゃいなかったんだ。今の巫女姫さんにも困ったものさ、コレットさんは義理とはいえ姪だろうに……」

「まあまあ、巫女姫さんのことはいいじゃないか。今はコレットの無事を喜んでおけ」

「そうだそうだ、よかったよかった」

「いったいどうやって逃げたんだ？　アルカの兵士は凶暴だろうに」

「それはね――ヴィルヘイズのおかげなのよ！」

コレットは傍《かたわ》らで無言を貫いていたヴィルの腕を取る。

メイドはよろけながら村人たちの前に立たされた。

「あの、コレット殿……、」

「この子が私を助けてくれたの！　ヴィルはすごいわよ？　襲ってきたアルカの兵士を簡単にやっつけちゃったんだから！　それにここまで旅をしている間にも、たくさん私のことを気にかけてくれたんだからね！」

「ヴィル？　ヴィルヘイズだって……？」

村人たちは眉《まゆ》をひそめて顔を見合わせた。

しかしすぐに「そんなわけないいか」といった様子で笑みを取り戻す。

……？　なんだろう、あの反応は。

「そうかそうか。コマリ倶楽部の方たちには感謝しないとなあ。——おおい、ガンデスブラッドさん、あんたもこっちに来て料理を食べたらどうだい⁉」

「駄目だよおじさん、私を助けてくれたのはヴィルなの。あのチビじゃない」

「ははは、喧嘩《けんか》でもしたのか？　仲良くしなくちゃ駄目だぞ」

「こらっ、撫《な》でるなっ、子供扱いすんなっ！——いいわよ、ぶっちゃけてあげる！　私だってテラコマリと旅するのは楽しくなかったわけじゃないけれど、でも、私の話を聞いたら村のみんなもあいつのことが嫌いになると思うわよっ！」

太鼓がドンドコと響く。

コレットは大きく深呼吸をした。それからヴィルの顔をジッと見つめ、さらに私の顔を般若《はんにゃ》のような形相《ぎょうそう》で睨《にら》みつけ——ビシッ‼　と人差し指を立てて叫んだ。

「テラコマリは、私の幼馴染の『ヴィル』を変態に調教したのよ‼」

………………。

……はぁ？

何を言っとるんだこいつは？

「まず大前提として、〝コマリ倶楽部〟のヴィルヘイズは、次期巫女姫だった『ヴィルヘイズ・ルミエール』よ」

村人たちに動揺が走った。

副村長が「コレット……、」と気まずそうに開口する。

「ヴィルヘイズは死んだんだ。何度も言ってるじゃないか、もう帰って来ないんだ……」

「ここにいるでしょ？　見て分からないの？　髪の色も雰囲気もおっぱいのでかさも違うけど、顔立ちはそっくりだわ」

「滅多《めった》なことは言うんじゃない、コレット……」

「証拠はあるわ！　このヴィルは未来を視《み》る異能を持っているのっ！　次期巫女姫だった『ヴィル』と同じなのよ！」

村人たちが値踏みするような目をヴィルに向けた。

何だこれ？　想定外の事態に発展しているような……？

戸惑う私に向かって、コレットが怒りに染まった瞳《ひとみ》を向けてきた。

「カレード帝国の宿で聞いたわ。ヴィルは【パンドラポイズン】っていう未来視の能力を持ってるんだって。ふざけてるわよね、テラコマリはそれをずっと私に隠してたのよ」

「いや、べつに言う必要を感じなかったからであって……」

「未来視できるやつなんて世界に『ヴィル』くらいしかいないはずなの。私は幼馴染の『ヴィル』が未来視の能力者だってあんたに伝えたわ。……その時点でピンときてたんでしょ？　ヴィルと『ヴィル』が同一人物だっていう可能性を考えたら、私に【パンドラポイズン】のことを教えてくれてもよくない？　それくらいの親切心もないの？」

シャルロットに乗って砂漠を縦断していた時のことだ。

確かに私はヴィルと『ヴィル』に共通点を見出しながらも黙っていた。

「髪の色が違うのはどうとでも言い訳がつくわ。染めたとか、ストレスで色が抜け落ちたとかね。——ヴィルはあの雷雨の日に行方《ゆくえ》不明になって、異界へ飛ばされていたらしいの。幼馴染や故郷のことはきれいサッパリ忘れて、あいつのメイドをやってたってわけ」

「ちょっと待てよ⁉　ヴィルにはクロヴィスっていうお祖父《じい》さんがいるんだぞ⁉　小さい頃の記憶だってあるだろうし……」

「改竄《かいざん》されたのよっ！　エステルが言ってたわ……あんたには他人の記憶をいじる魔法が使える友達がいるんだってね！　そいつに頼んでヴィルを洗脳したんでしょ⁉」

色々と訂正したいのだが頭が追いつかない。

コレットの剣幕に気圧《けお》されてしまっていたのだ。

村人たちまで疑いの目を向けてきている。もしヴィルがコレットの幼馴染だとしたら——つまり『ヴィルヘイズ・ルミエール』だとしたら、彼らにとっては大問題だ。

だって、『ヴィルヘイズ・ルミエール』は大事な大事な次期巫女姫なのだから。

どうやって誤解を解けばいいのだろう——そんなふうに頭を抱えていたとき、

「記憶は改竄されていませんよ」

ヴィルがクールな声色《こわいろ》でそう言った。

私は救われたような気分でメイドの顔を見つめた。

「そ、そうだ！　言ってやれヴィル！」

「改竄は有り得ません。ここで衝撃の事実をお伝えしますが、私はもともと幼い頃の記憶を失っているのです」

え。

冗談抜きで衝撃なんだけど……。

「どういうことだよヴィル⁉　記憶を失ってるって……」

「大した話ではないので黙っていました。だってコマリ様も同じような状況ですよね？　例の事件より前の出来事はあまり覚えていらっしゃらないと聞いております」

「まあそうだけど……」

「アホなの⁉　だったら余計にヴィルは『ヴィル』でしょっ⁉」

コレットがヴィルに縋《すが》りついて叫んだ。

「私が思い出させてあげるっ！　私との思い出話を聞けば、頭が活性化《かっせい》して記憶を取り戻せると思うわ！　えっとね、えっとね、まずは二人でお祭りに行ったこととか――」

「いいえ、私は『ヴィルヘイズ・ルミエール』ではありません」

それは崖から突き落とすように冷たい声だった。

コレットが目を丸くして固まる。

「や、やめてよねそんな言い方！　ヴィルはまた私と一緒に暮らすのよ……！」

「仮に昔『ヴィルヘイズ・ルミエール』だったとしても、今は違います。コマリ様の忠実なるしもべです。使命がありますので、コレット殿と一緒には暮らせません」

「何よ使命って！」

「世界征服です」

「「「…………………」」」

待って、ヴィル。

意味分かんないよ。村のみんなが引いてるよ。

「……言葉が足りなかったようですね。私はコマリ様と世界を一つにしたいのです。コマリ様は争いのない平和な世界を創っていきたいと仰《おっしゃ》っています――だから私はそのサポートをしたい。コレット殿の思いに応《こた》えることはできません」

「頭を冷やしてよ！　そんなわけ分かんねえ使命なんか捨てちまえ！　ヴィルは私の幼馴染なの！　おじ様とおば様の娘なの！　それに……次期巫女姫の役目だってあるのよ⁉」

「その役目は放棄させていただきます。さようなら」

ヴィルは素っ気なく言って会場を去っていった。

慌てて追いかけようとしたコレットの肩に、副村長がぽんと手を置いた。

「何よ！　離して！」

「やめなさい。ヴィルヘイズさんは、お前の知るヴィルじゃないんだ」

「っ……」

他の村人たちも似たような空気だった。

「やっぱり違うよな」「本物はもっと臆病《おくびょう》な子だった」「あの子はもういないのよ」――誰もヴィルのことを『ヴィル』だと認識していない。しまいには「コレットが変なことを言うからびっくりしたよ！」と笑いだす始末。

歓迎会には再び賑やかな空気が戻ってきた。

誰もがヴィルや『ヴィル』のことを忘れて歓談を楽しんでいる。

なんだか複雑な気分だ。とりあえずヴィルを追いかけよう――そう思った瞬間、
ふと、すさまじい殺気を感じた。

ぎょっとして振り返る。コレットが涙目でこちらを睨みつけていた。

「あんたの……あんたのせいよ……」

「え？　な、何が……？」

「せっかくヴィルを見つけられたのに！　昔みたいな日々が戻ってくると思ったのに！」

「まあまあコレット、今は無事に帰って来られたことを喜んでおきなさい。ほら、ここにコレットの大好きなお菓子もグボエアッ」

優しく窘《たしな》めた副村長の顔面に裏拳が叩《たた》きつけられた。

鼻を押さえてうずくまる哀れな夕食会主催者などには目もくれない。コレットは拳《こぶし》をギュッと力強く握りしめ、

「全部あんたのせいなんだからね！　ヴィルを返してよっ！」

「そんなこと言われても……」

「さっさと……返せえええええええええ‼」

「おわあああああああ⁉」

コレットがぶんぶん腕を振り回しながら突撃してきた。

テーブルのオムライスにグーが叩きつけられてケチャップが飛び散る。

私は恐怖のあまり回避することもできなかった。襲いかかってくるコレットをそのまま迎え入れ――抱き合うような形で取っ組み合いが始まってしまった。

「こ、コレット！　落ち着け！　争いは何も生まないっ！」

「生むッ！　あんたを泣かせてヴィルを取り戻すんだ！」

コレットが私の腰にしがみついてグイグイと押してくる。

こいつ――物理的に私を引っ繰り返して泣かせるつもりだな⁉

「やめろ、お前怪我してるだろ⁉　無茶すんな‼」

「そんなの関係ないっ！　あんたも怪我してるんだからねっ！」

村の老人たちが陽気な声で「おっ！　相撲《すもう》が始まったぞ！」と笑う。ステージにいる太鼓係の女の子が高速でバチを振り回してドンドコドンドコと場を熱狂させる。理性のある村人たちはコレットを止めようとするが、彼女の迫力に負けてたじろいでしまった。

会場は一瞬で土俵に早変わりだ。

行司役《ぎょうじ》のお爺さんが「のこったのこった！」と大声を張る。あんた誰だよ。

「私は……ずっとヴィルを捜してた！　寝る間も惜しんでねっ！　だいたい何よ、世界征服って！　付き合わされるヴィルが可哀想でしょ⁉」

「世界征服なんてするつもりはねえよっ！　あれはヴィルの世迷言《よまいごと》だ！」

「私はヴィルのために人生を捧《ささ》げてきたのよっ！　あの雷の日からずっとよ……他に友達も作らなかったし、遊びもしなかった！　ずーっとヴィルを捜してたのよっ！」

猛攻をしのぎながら、私は心に動揺が走るのを感じた。

コレットの気持ちが痛いほどに伝わってきたのだ。

もし私がこいつの立場だったら、同じように相撲を仕掛けていたかもしれない――

「あっ」

対戦相手の身体が、がくりと沈んだ。

ぬかるんだ泥に足をとられたコレットは、そのまま綺麗《きれい》にすってんころりと転んだ。

私は慌てて彼女の身体を支えようとした。

しかし時すでに遅く、空色少女はものすごい勢いで顔面を地面に叩きつけられていた。

べちゃ。

そんな効果音が聞こえた気がした。

会場が静まり返る。行司役のお爺さんも、太鼓をドンドコ叩いていた女の子も、鼻を押さえていた副村長も、一歩引いて見守っていたネリアも、それ以外のギャラリーも――全員が石像のように動きを止めた。

私は足元に伏臥《ふくが》するコレットに、恐る恐る手を伸ばす。

しかし触れるよりも早く、彼女はがばっと顔を上げた。

泥だらけで表情は分からない。

やがて彼女の唇から、絞り出すような声が漏《も》れた。

「ふ」

「ふ……？」

「ふぇえええええええええええええええええええええええええええええええ!!」

コレットは大粒の涙をこぼして大号泣《ごうきゅう》していた。

私はかけるべき声も見当たらず右往左往してしまった。

間もなくコレットは涙を袖《そで》で拭《ぬぐ》って立ち上がると、「死ねばかあああああああ!!」と絶叫しながら駆け出した。

しばらく会場は凍ったように硬直していたが、いち早く立ち直った副村長が「待ちなさいコレット！」と追いかけ始める。ネリアが「ほんとに困った子ね」と溜息《ためいき》を吐《つ》いていた。

私はコレットの泣き顔を反芻《はんすう》しながら、なんとも言えない気持ちで立ち尽くす。

あいつが怪我してないかも気になるな。盛大に転んでたし……。

……とにかく、こうして歓迎会は変な空気のまま終わりを迎えるのであった。

☆

翌日の夕方、私とネリアは手持無沙汰《てもちぶさた》に村を散歩していた。

しかし頭の中をぐるぐると駆け巡るのはコレットのことだ。

昨日の騒動以降、あいつは自宅に引きこもっているらしい。ヴィルが自分の幼馴染だと決めつけて啖呵《たんか》を切ったのに、本人からきっぱり否定されたのだ。拗《す》ねるのも無理はない。

そして現在、ヴィルはコレットの機嫌《きげん》を取るためルミエール邸へ向かっていた。

私は何故か悶々《もんもん》としていた。

やっぱり、ヴィルとコレットを二人きりにしてはいけない気がする。

昨日明かされた事実――「ヴィルには幼い頃の記憶がない」という話が、背後霊のようにモヤモヤつきまとう。

彼女の言葉はおそらく嘘《うそ》じゃない。あいつに小さい頃の記憶がないならば、「過去ではなく未来だけが寄る辺《べ》」というクロヴィスの台詞《せりふ》にも納得がいく。

ヴィルが『ヴィルヘイズ・ルミエール』だとは思わない。

だが、万が一のことを考えてしまうのだ。

思い返してみれば、符号する点は驚くほど多い。

名前が一緒であること。コレット曰く「顔立ちが似ている」こと。

そして、未来を視る異能を所持していること。

これらはおそらく偶然にすぎない。

だが、面倒なのは、今の情報だけでは否定も肯定もできないということだ。

現にコレットはヴィルのことを『ヴィル』だと信じ切っている。あいつは諦《あきら》めの悪そうな顔をしているから、今頃《いまごろ》ヴィルに「一緒に暮らそうよ！」と再度お願いしていることだろう。

そして——このことが帝都にいるというルミエール村長夫妻の耳に入れば、彼らも黙ってはいまい。事実がどうであれ、ヴィルは『ヴィル』にされてしまうかもしれない。

そうなったら、私はあいつとサヨナラをしなければならない。

サヨナラを……しなければ……、

………………。

「コマリ、どうしたの？　すごい顔してるわよ」

「なんでもない」

ネリアに指摘され、私は自分の頬《ほお》をぺちぺちと叩いた。

眼前には豊かな農村の風景が広がっている。

隠れ里に相応《ふさわ》しい、穏やかな空気だ。昨晩も激しい雨が降ったようで、道はドロドロにぬかるんでいる。夕暮れの光を浴びてキラキラと輝く水溜《みずた》まりがきれいだった。

「なあネリア。ヴィルって何なの？」

「哲学的な問いね……そんなの気にする必要ないわよ。あいつの過去がどうであれ、コマリから離れていくわけがないわ」

「理屈では分かってるんだけどな。でも嫌な予感がするんだ」

「じゃあサクナに殺してもらう？　あの子なら失われた記憶を覗《のぞ》き見できるんじゃない？」

喜々としてヴィルを殺害するサクナの映像が浮かび上がった。

……あれ？　おかしいな？　何故こんなにも簡単に想像できるのだろう？

サクナは清楚《せいそ》で穏やかな美少女のはずなのに……。

「だ、駄目に決まってるだろ！　死ぬのは痛いんだからな⁉」

「そうね。まあ、人の心なんてそう簡単に変わらないわ。どっしり構えていればいいのよ」

私とネリアは木陰《こかげ》のベンチに腰を下ろした。

雨で湿っていたのでお尻《しり》がひんやりしたが、全然気にならなかった。

ネリアがリュックからお菓子を取り出す。マシュマロの袋を私に差し出しながら、「元気出しなさいよ」と笑う。

「甘いものを食べると頭が落ち着くわ」

「え？　でも、今食べたらご飯食べられなくなるよ……？」

「無駄に良い子ねあんたは！　つべこべ言わず食え！」

ネリアが私の口にマシュマロを突っ込んできた。

甘くてふわっふわだ。脳味噌までふわっふわな気分。

「……確かに落ち着くな。希代の賢者らしくクールになってきたぞ」

「あんたがクールなのって烈核解放《れっかくかいほう》の時くらいでしょ」

ネリアはマシュマロをぱくぱく食べていた。

太らないのかなと心配になる。

「烈核解放は心の力。何かを成し遂げたいと思う者だけに宿る。――ヴィルヘイズはコマリのために力を進化させてきたわけでしょ？　コレットにとられるなんて有り得ないわ」

「むぅ。それはそうなんだけど」

「あんたは一人で悩んでいるのね。でもそれはテラコマリ・ガンデスブラッドらしくないやり方だわ。私は夭仙郷《ようせんきょう》の騒動であんたに教えてもらったのよ――人の気持ちを考えることの大切さを。そして言葉や行動で分かり合うことの大切さを」

村の往来を人々が駆けていく。

ルミエール村は意外に賑やかな場所だった。

「霧に囚《とら》われていた私に手を差し伸べたのはあんたよ。私はあんたの言葉でネルザンピの術から抜け出すことができた。本当にすごいわよね、コマリは。先生にそっくりよ」

「何言ってんだ？　身長が全然違うぞ」

「脱線しちゃったわね。私が言いたかったのは、『何も心配する必要はない』ってことよ。それでも不安なら、ヴィルやコレットときちんと話してみることね」

「……そうだな、ネリアの言う通りだ」

ネリアと話して、頭を覆《おお》っていた霧が晴れていくのを感じた。

こいつには世話になってばかりだな。

「ありがとう、おかげで冷静な思考能力を取り戻すことができた。認めるのはなんか癪《しゃく》だけど……お前は妹よりも姉っぽい気がするよ」

「そ、そう？」

桃色大統領は頬を染めてはにかんだ。

「じゃあコマリを妹メイドとして雇ってあげるわ。私のことは『お姉ちゃん』って呼んでね」

「え？　普通に嫌なんだけど……」

「普通にドン引きしないでくれる？」

残念そうに溜息を吐かれてしまった。ネリアは再びリュックからお菓子の袋を取り出した。足をぷらぷらさせながら（ベンチは意外と高いのだ）、真《ま》っ赤《か》な飴《あめ》を口に運ぶ。

その様子を見て、私はちょっとだけ良心の呵責《かしゃく》に苛《さいな》まれた。

「分かったよ……ありがとね、ネリアお姉ちゃん」

「⁉」

ネリアの口から飴がぽろりと落ちた。ああもったいない！――慌てて拾おうとしたとき、ふと、彼女の表情が「にま～っ」と不気味に歪《ゆが》んでいることに気づいた。

「ふふ……ふふふ……！　いいわねそれ。やっぱりコマリは私の妹に間違いないわ」

「何だお前。ニヤニヤして気持ち悪いな……」

「コマリは小さくて可愛《かわい》いわねえ。お姉ちゃんがたくさんお菓子を食べさせてあげる」

「は？　おい……、いらないよそんなに！　あとさりげなく腕を組んでくるな！」

やっぱり妹なんて冗談じゃない。

姉に相応しいのは私に決まっているのだ。

☆

「今後の予定はどういたしますか？」

　ベッドの上に広げられたカードをめくりながら、エステルが問う。

　神経衰弱だ。類稀《たぐいまれ》なる記憶力を誇る私なら、どんな相手でも赤子同然——のはずなのだが、さっきから三回連続でペアを当てられている。あっ、そこ私も覚えてたのに！

「やっぱり帝都へ向かうんですよね？　明日には出発します？」

「明日は無理だろ。エステルの傷が治ってないんだから」

「も、申し訳ございませんっ！　私がお荷物なせいで旅程に遅れが……！」

「遅れなんてどうでもいいよ。しっかり療養すればいい」

　エステルは「申し訳ございません」と何度も謝りながらトランプをめくっていった。

　もう五回連続である。申し訳ないと思うならもう少し手心というものをだな……。

「えっと……私はもちろん閣下についていきますが、コレットさんはどうするのでしょう？　やっぱりルミエール村に留まるのですかね？」

「だろうな。ここはあいつの故郷だし」

「でも……そうなると、ヴィルさんを強引《ごういん》に引き留めそうですよね」

「むむむ……」

　あの二人の関係には複雑なものがある。

　ヴィルも昨日はあんなふうに言っていたけど、もっとコレットに歩み寄る必要があるのではないか？　少なくとも、ヴィルが『ヴィルへイズ・ルミエール』かどうか判明するまで、村に滞在するべきなのではないか？

「分からない……全然分からない……」

「何がですか？」

「ヴィルのことだよ。あいつは私と一緒に来るらしいけどさ、もうちょっと慎重に考えたほうがいいような気がするんだ」

「慎重に考えた結果がこれです。私はコマリ様が大好きですから」

「でもコレットのことを思うと――にゃあああああああああああああああ!?」

いきなり背後から抱きしめられたので絶叫してしまった。

気づけば変態メイドが影のごとく出現していた――っていつからいたんだよ!?　気配が全然なかったぞ!?　こいつ忍者の一種だったのか……!?

「ヴィルさん、お疲れ様です。コレットさんとの用は済んだのですか？」

「はい。話をつけてきました」

私はびっくりしてヴィルを振り返った。

「え？　コレットは納得してたの？」

「してませんが、飛び出してきました」

それは「話をつけた」とは言わない気がするんだが……。

「ついでに村を見物して自分の出自も探ってきたのですが、何も思い出すことができませんでした。そして思い出す必要もないのです。私はコマリ様のメイドなのですから」

「そ、そうなの……？」

「たとえ私が本当に『ヴィルヘイズ・ルミエール』だったとしても関係ありませんよ。子供は成長すれば旅立つものなのですから」

ヴィルの言葉には一理ある。個人的には安心もしていた。

だが、これはコレットの問題でもあるのだ。

ヴィルが私と一緒に村を出ることを選んでも、残された側は心の整理がつかないだろう。

目の前のメイドはそんな私のモジモジを正確に把握したらしく、「コマリ様は本当に面倒くさいお方ですね」と呆れ果てていた。

「現状、私の正体を確定するのは無理です。コマリ様が気に病む必要はありません」

「それは分かってるんだけどな。でもコレットのことを考えると……だって、あいつにとって私はヴィルを誘拐した変態なんだぞ？　また相撲を仕掛けられちゃうよ」

「私を奪った責任を取りたくないということですか？」

「いや、そうでもなくてだな」

「つまり私のせいでコマリ様は困っておられるのですね。……分かりました、優柔不断なコマリ様は、私が誘拐してしまいましょう」

ヴィルが私の腕をつかみ、ゆっくりと持ち上げた。

なんだろう？　手相でも見てくれるのかな？――そういう呑気《のんき》な期待は一瞬にして打ち砕かれた。ヴィルのやつが、いきなり私の手首に歯を立てたのである。

ちくり。

「ぎゃあああああああ!!」

「きゃあああああああ!?」

私とエスエルは一緒になって絶叫した。ヴィルの突然の奇行に頭が追いつかない。ちゅうちゅうと血が吸われるごとに、私の身体がどんどん熱くなっていった。

「おいやめろ!!　お前のそういう変態行動はサクナやエステルに悪影響を及《およ》ぼすんだよ！」

「ヴィルさんっ、口から血がこぼれてます！　拭《ふ》いてあげますね！」

「――ご馳走様でした」

いつの間にかヴィルが私の腕から口を離していた。

やつはエステルに口元を拭われながら、満足そうなツラをしていた。

吸血鬼の吸血は信頼を示す行為でもある。

つまり、こいつは「自分に任せろ」と言っているのだ。

主人の心に住まう悶々を、すべて強引に破壊しようと企《たくら》んでいる。

……だが、それはあまり公平とは言えない。

「コレット殿を傷つけたのは私なのです。気にせず旅を続けましょう。私はいったん宿に戻ります――」

「ちょっと待てっ！」

立ち去ろうとするヴィルの手首をつかんだ。

翡翠《ひすい》の瞳が驚愕《きょうがく》に染まっていく。

「コレットからお前を引き離すのは、この私なんだ！　だから、お前に全部背負わせるわけにはいかないんだ！」

「え？　あの……」

「じっとしてろ！　これは仕返しだ」

私は有無《うむ》を言わさず彼女の指先に噛《か》みついた。

エステルが再び「きゃあああ!?」と恥ずかしそうに叫んだ。

緊張でカチコチに固まるヴィルの指から血があふれる。彼女は「いきなり私の指をしゃぶるなんてどうしたのですか幼児退行ですか!?」とわけの分からぬことをほざいていた。

紅色の液体をぺろりと舐《な》めとった。

勝手に【孤紅《ここう》の恤《とむらい》】が発動し、魔力風が巻き起こった。

それでも構わなかった。今の私なら、ある程度は制御できるだろう――

――そしてこの行為は、パンドラの箱を開ける引き金となった。

「本当に待ってくださいコマリ様。【パンドラポイズン】が――、」

私は思い出した。

前回ヴィルが烈核解放を発動してから、すでに六日が経《た》っていた。

つまり――再び未来を視ることが可能になっていたのだ。

ヴィルの瞳が、真っ赤に染まっていた。

焦点が合っていない。私ではなく未来の映像を凝視しているのだ。

彼女はびくりと肩を震わせてから言った。

「未来は……何も変わっていない……」

「え……？」

「アルカの兵士も、トレモロ・パルコステラも倒したのに……何も変わっていません。コマリ様は、明日、私のもとで、眠るようにお亡くなりになるのです……」

「……………………………………………………まじ？」

「まじです」

人がせっかく決意を固めたというのに――

死ぬまで、あと一日。

やっぱり、私はヴィルといるべきじゃないらしい。

ひ

5　雷の日からずっと

Hikikomari the Vampire Countess no Monmon

夕食会から二日。

コレット・ルミエールは世にも奇妙なモノを目撃した。

幼馴染《おさななじみ》のヴィルヘイズが水車小屋の前に座って天を仰《あお》いでいたのだ。

全身の筋肉が弛緩《しかん》し、口から魂が抜けている。あまりに変わり果てた姿だったので、コレットは一瞬だけ声をかけるのを躊躇《ためら》った。

「ど、どうしたの？　テラコマリに変なことされた？」

「あ……あああ……あぁあああぁ…………」

ギギギギ……、と機械のようなぎこちなさでヴィルがこっちを向いた。

コレットはちょっと引いた。尋常《じんじょう》ではない落ち込みっぷりだった。

「えっと……一緒にご飯食べない？　ルミエール家の人がハンバーグを作ってくれたんだけど……って待ちなさいよ!?　そっちは水路なんだけど!?　増水してるから危ないわよ!?」

「ああああああ!!　ああああああ!!」

コレットは泡を食ってヴィルを止めた。

「何があったの⁉　またテラコマリにセクハラされたのか⁉」

「違う、違うんです……コマリ様は……コマリ様は‼　私を置き去りにして帝都へ行ってしまったんですっ……‼」

コレットは目をぱちくりさせた。

置き去りにした？　あのヴィル大好きの変態吸血鬼が？

というか、あいつルミエール村を出発したのか？――頭が疑問符でいっぱいになった。

「コマリ様の部屋に置き手紙が残されていました。これを見てください……」

涙目のヴィルは懐《ふところ》から一枚の手紙を取り出した。

コレットは何故《なぜ》かドキドキしながらそれに目を通す。

『ヴィルへ
　ネリアと一緒に出発します。エステルのことはお願いするね。
　コレットや村の皆によろしく言っておいてください。
コマリ』

何だこれ。二人は喧嘩《けんか》でもしたのだろうか。

「コマリ様のお考えは理解できます……私と一緒にいたら死んでしまうのですから。でもそれとは別の部分で『嫌われちゃったんじゃないか』っていう不安があるんです」

「よく分かんないけど……あいつに何したの？」

「無断で血を吸いました」

コレットは卒倒しそうになった。

この少女はいつの間にか大人の階段を上っていたらしい。

むしろコレットが置き去りにされた気分だった。

「そ、それは嫌われて当然ね⁉　いきなり血を吸うなんて痴漢みたいなもんよ⁉」

「だから追いかけることもできないのです。というか、置き手紙には『エステルのことをお願いするね』と書いてありました。これはルミエール村に待機しろという命令なのです」

「そうなんだ……」

「あああ……ああああああ……‼　私はメイドの分際《ぶんざい》で主人になんてことをしてしまったのでしょう……全裸で村を疾走して懺悔《ざんげ》するしかありません……」

「やめろっつってんだろうが‼　テラコマリの変態性が移ったの⁉」

コレットはヴィルの奇行を力尽くで止めた。

しばらく格闘していると彼女は大人しくなった。のろのろと石畳の上に体育座りをする。そしてあらゆる幸福を放出する勢いで「はあああぁぁ」と盛大な溜息《ためいき》を吐《つ》いた。

ヴィルが悲しんでいるのを見るのは悲しい。

だが――一方で心を弾ませている自分がいた。

テラコマリには確かに世話になった。あいつはアルカの軍勢に追われているコレットを見捨てなかったのだ。

しかし、彼女はコレットの平和を脅かす敵という側面も持っていた。

夕食会では薙《な》ぎ倒《たお》されて泥だらけにされたし。

――いい気味だ。

コレットは内心ほくそ笑んでヴィルの肩に手を置いた。

「大丈夫よヴィル！　私がついてるからね」

「コレット殿……」

ヴィルは涙を拭《ぬぐ》って振り返った。

その仕草は幼い頃の彼女と何も変わっていない。

「……そうですね、いったん村で待機しておきましょう」

コレットは笑みを弾けさせた。

彼女をルミエール村に縛りつけるのは容易《たやす》いように思われた。

あとは、ヴィルが『ヴィル』である証拠を見つけ出すだけだ。

☆

「はああああああぁぁぁぁぁ……」

常世《とこよ》の街道。

私はとぼとぼ歩きながら頭を抱えていた。

ネリアが「何やってんのよ」と呆《あき》れた調子で振り返った。

「これはあんたが決めたことでしょうに。くよくよしてても仕方ないわ」

「そうだけどさぁ……」

「ヴィルヘイズと一緒にいたら死ぬっていう予言が出たわけでしょ？　そうなる原因が不明だから対処のしようもない。あんたはメイドと別れるしかなかったのよ」

「そうだけどさぁっ……‼」

私の頭の中ではヴィルに関する不安が洪水のように暴《あば》れていた。

ルミエール村を出たのは早朝だ。ヴィルのために置き手紙を残し、どれだけ揺すっても夢の中から戻ってこないネリアの鼻をつまむことによって叩き起こし、病室で木刀を振り回すという無茶な訓練をしていたエステルを叱責し、かつ事情を告げ、二人で荷物をまとめてそそくさと出発した。

べつに帝都まで行こうってわけじゃない。

今日の死の運命を回避するため、ちょっと隣の村に移動するだけだ。

不意打ちみたいな感じで出発したのは、おそらくコレットに対する罪悪感が原因だ。いい機会だから、ヴィルには幼馴染（仮）と腹を割って話してもらおう。……その結果としてヴィルが『ヴィル』だと判明したら、それはそれで大問題なのだが。

「くそ。いない時でも私を困らせやがって……あのメイド……」

「大丈夫よ。何かあってもお姉ちゃんが何とかしてあげるわ」

「ありがとう。でもお前はお姉ちゃんじゃない」

まあ気にしても仕方ない。今は黙って歩くことに専念しよう。

ネリアが「さってと」と二つの太陽が浮かぶ青空を仰ぎ見た。

「先を急がなくちゃね……先生は元気かなあ。私のこと覚えてくれてるかなあ」

「忘れるわけがないだろ、お前みたいにインパクトのある子は他にいないんだから」

「ふふふ。そうだといいんだけどね」

そこでふとネリアが何かに気がついた。

エメラルドの瞳《ひとみ》が山々の向こう――空の彼方をじっと見据えている。

私もつられてその方角を見やった。

遠くに巨大な塔らしきものが建っている。

「あれ……たぶん〝神殺しの塔〟ね」

「そうなの？　ああ、コレットがそんなこと言ってたっけ」

〝神殺し〟で思いつくのは、〝神殺しの邪悪〟である。

あのテロリスト系お嬢様は今どこで何をしているのだろうか。

「地図にもちゃんと書いてあるわね。常世の世界遺産にも登録されてるらしいわよ」

私はネリアが持つ地図をのぞいてみた。

そこには「せかいいさん‼」とポップな字体で描かれていた。

というかこの地図……よく見れば動物や特産品の可愛《かわい》いイラストが大量に描かれてるんだけど？　これ完全に子供向けのやつだよね？　私たちってこんなので旅してたの？

「一般人の立ち入りはできないみたい。ちょっと残念」

「そういえば、〝神殺しの塔〟って世界の真ん中にあるんだっけ？」

「地図上だとこの辺りは常世の中央よ。フレジールの紅雪庵《こうせつあん》で見た〝黄泉《よみ》写し〟――逆さまの街も、もしかしたら近くにあるのかもね」

何か秘密がありそうだ。

でも情報が少ないので、希代の賢者の頭脳を駆使してもよく分からなかった。

私は青空にぼんやりと霞む塔の影を見つめた。

高さはムルナイト宮殿の百倍くらいはある。壁は真っ白。派手さを感じさせない質素な佇《たたず》まいだ。ここからだと窓が一つもないように見えるけど、換気とか大丈夫なのだろうか？　入ったら窒息とかしないよな？

「まあ細かいことはどうでもいいわ。先を急ぎましょ」

「うん」

私たちは再び隣村を目指して歩き始めた。

ところが、ふと、背後で何かが崩れるような音がした。

「……？」

断続的に地鳴りのような震動が伝わってくる。

ずょん。ずょん――聞き覚えのある楽器の音色《ねいろ》も耳の奥で反響している。

ネリアが「嫌な予感がするわね」と振り返った。

状況はよく分からないが……、ただ一つ言えるのは、ルミエール村の方角で何かが起きたということだ。

☆（すこしさかのぼる）

「――大変です！　ヴィルさんっ！」

ルミエール家の食堂。

ひっきりなしに囁《ささや》かれるコレットの世間話に耳を傾けながらパンを齧《かじ》っていると、いきなり扉がドバーン!!　と開かれた。

ヴィルはびっくりして振り返る。

そこには第七部隊の新人、エステル・クレールが泣きそうな表情で立っていた。

服装は病人服。髪もいつものポニーテールではなく、下ろしている。

それもそのはずだ――彼女は診療所に入院しているはずなのだから。

「エステル？　どうしたのですか？　お腹《なか》の傷は――」

「それどころではありませんっ！　敵襲ですっ！」

コレットが「え？」と凍りつく。

エステルは痛そうにお腹を押さえて言葉を続けた。

「アルカの軍勢は全滅していなかったんです……、廃墟《はいきょ》の街のあれは罠《わな》だったのです。トレモロ・パルコステラのせいです……村が壊されています……！」

どこからともなく何かが爆発《ばくはつ》するような音が響く。

さらに軍の歓声らしきものも聞こえた。

アルカの連中が見境なく破壊を繰り広げているらしいのだ。

不意にコレットの腕が震えていることに気づく。彼女はすっかり青ざめていた。

「これって私のせいなの……？　私が逃げてきたから……」

「違いますよ。ちょっと見てきますね」

「あっ、ヴィル！」

ヴィルはコレットの制止を振り払い、ルミエール邸を後にした。

エステルが「お供します」とついてきてくれる。何が起きているかは分からない——しかし今は状況を確認することが先決だった。


結論から言えば、状況はあまり良くなかった。

アルカの軍勢は予告もなしに攻撃を仕掛けてきた。村の中央に建っていた物見やぐらが真《ま》っ赤《か》になって燃え、音を立てて崩れ落ちる。続いて、三軒隣の家屋が冗談のように爆散。やつらが大砲か何かを撃ち込んでいるのだろう。

逃げ惑う人々には容赦《ようしゃ》なく剣が叩《たた》きつけられた。

血が飛沫《しぶき》となって飛び散る。無辜《むこ》の人々は、いとも容易く命を奪われていく。

「あ……あわわ……大変です……大変です……、」

エステルが震える手でチェーンメタルを握りしめた。

ここは魔核《まかく》のない世界。殺された人々は、もう蘇《よみがえ》ることがない。

「ヴィルさん、はやく止めないと……」

「……『止める』という発想は間違っています。避難しましょう」

相手はおそらく千人単位の軍勢だ。

ヴィルがいくらクナイを振り回したところで、無駄な抵抗にしかならないだろう。

今度は二軒隣の集会所が吹っ飛んだ。

ヴィルはエステルを抱きしめて地面に伏した。またもや大砲が撃ち込まれたらしい。突風をやり過ごしているうちに、戦いはどんどん激化していく。

「診療所は……診療所は、すでに壊されちゃったんです……私の他にも入院していた人がいたんですけど、いきなり爆弾が飛んできて。私はたまたま外にいたので、運良く助かったんですけど、それから全員バラバラになってしまいました……」

「では見つけなければなりませんね」

「ち、違います……バラバラっていうのは、身体がって意味で……」

恐怖で萎縮《いしゅく》してしまったエステルの呂律《ろれつ》は怪しい。

込み上げてきたものをぐっと堪《こら》える。彼女が無事だったことだけでも喜んでおこう。

とにかく、隠れる場所を探さなければならない。そしてコマリに連絡を取らなければ――

いや、それは許されないのだ。

おそらく、【パンドラポイズン】で予知した惨劇の発端はこれだろう。

コマリはこの戦いで命を落とす可能性が高いのだ。

だから、自分たちの力で逃げ延びるしかない。

「六年前と……同じね……」

戸口のところにコレットが立っていた。

遠くから村の重役たちが「無事かコレット！」と駆けてくる。彼らは大事な次期巫女姫《みこ》が壮健なことを確認すると、安堵《あんど》の息を漏《も》らして足を止めた。

「さあ早く逃げよう、やつらはルミエール村を滅ぼす気だ……！」

「駄目だ、村の衛兵じゃ太刀《たち》打ちできねえ！　はやく帝都に連絡しねえと！」

「ちっ……ほらコレット、突っ立ってるんじゃないっ！」

副村長がコレットの腕をつかんでグイッと引っ張る。

しかし彼女は微動だにせず、顔面蒼白《そうはく》になってブツブツと言葉を紡《つむ》いでいた。

「六年前……戦いで多くの人が死んだのよ。私の本当のお母さんとお父さんも……そしてヴィルがいなくなっちゃった……また悲劇が繰り返されようとしているのよ……」

「コレット……あなたのご両親は……」

「殺されたのよ。だから私にはヴィルしかいなかったの」

ヴィルは言葉をつまらせる。

彼女が幼馴染に異常な執着を見せるのは、そういう背景があったからなのか。

「どうしようヴィル……、あの時と同じ思いは二度と味わいたくないのっ……！」

「――同じというわけには参りません」

ずょん。

何かが切り替わる気配がした。

怖気《おぞけ》が駆け抜けていく。戦火の向こうから、琵琶《びわ》を背負った少女が歩いてくるのが見えた。奇妙な法衣《ほうえ》のポケットに手を突っ込みながら、恥ずかしそうに微笑を浮かべている。

〝骸奏《がいそう》〟トレモロ・パルコステラ。

月級傭兵団〝星砦《ほしとりで》〟のメンバー。

「同じではありません、同じことなど有り得ないのですよコレット・ルミエール。この惨劇は因縁の結果であり、つまるところすべてあなたの自業自得《じごうじとく》。因果応報」

コレットがびくりと震える。

ヴィルはクナイを構えて一歩前に出た。

「トレモロ・パルコステラ。あなたはコマリ様によって再起不能になったはずでは」

「あなた方が見たのは影武者です。気絶した兵士に私と同じ服を着せておきました。この特徴的な服装は、ああいう時に便利なのです――だいたいの人間は一瞥《いちべつ》しただけで私だと誤認し、それが本人であるかどうか詳しく調べようとはしない」

なんて狡猾《こうかつ》なのだろう。いや、なんて迂闊《うかつ》だったのだろう。

だが、過ぎたことを悔やんでも仕方がないのだ。

「……あなたは、いったい何が目的なのですか」

「我ら〝星砦〟の悲願は人類滅亡。そしてその第一歩として、無益な争いを起こすように仰せつかっております」

トレモロは頬《ほお》を赤らめて笑みを深める。

「コレット・ルミエール、あなたはアルカから逃れて自由になったとお思いなのですね？　しかし結局は法師の掌《てのひら》の上から出られてはおりませぬ。あなたが見つけた故郷という柱は私の小指。そも、護送車を襲撃して蜘蛛《くも》の糸を垂らしたのは、何を隠そう私だったのです」

「何それ……？　お礼でも言えってことなの……？」

「私がお礼を申し上げたいくらいです。あなたが逃げることで大勢の人間が苦しみました。アルカの民、ムルナイトの民、その他の国々の人々――彼らはコレット・ルミエールが逃走したから悲劇に見舞われたのです。これは地獄に落ちるような罪業《ざいごう》ですね」

「ち、違う……私は……、」

「幼馴染を思う心は素晴らしい。しかし、そこでお亡くなりになっている方々は、あなたがルミエール村に帰って来たことを恨んでいるでしょうね？」

コレットの身体から力が抜け落ちた。

同じ組織に属しているだけあって、ローシャ・ネルザンピと似たような手口を使う。

しかし、この少女の場合は敵を陥《おとしい》れるための策でも何でもなかった。

その証拠に――トレモロは無邪気に笑ってこんなことを言う。

「ご安心ください。ムルナイトの援軍は呼んでおきましたよ」

「は……？」

「アルカとムルナイトが衝突すれば、多くの死人が出ます。そのほうが悲しみの絶対量が多くなりますゆえ」

「…………………、」

思想が少しも理解できない。

かつて刃を交えた逆さ月よりも数段ぶっ壊れているように思う。

この少女は、ただ争いを起こすためだけに暗躍しているのだ。人がどれだけ死のうが心を動かすことがない。こんな人間がこの世にいるなんて――

「ふざけるな、無法者め！」

副村長が怒気をあらわにして一歩前に出た。

「貴様の企《たくら》みなどムルナイト帝国が破壊してくれる！」

「それもまた一興。戦乱の火種は多いに越したことはない」

「ほざけ！　今すぐひっ捕らえて軍に突き出してや」

ずょん。ずょん。

絃《げん》のしなるような音が聞こえた。

わずかに遅れて、副村長の胸から血の飛沫があふれる光景を目撃した。

「動かないでくださいね。戒律を破るのは避けたいのです……」

わけの分からぬ忠告はヴィルの耳を素通りしていった。

切り裂かれた副村長が、どさりと地面に倒れ込む。コレットも村人たちも恐怖に満ちた叫びをあげる。エステルは腰を抜かして座り込んでしまった。

思考が破壊され、どう動くのが適切なのか見当もつかない。

副村長が苦しみに喘《あえ》いでいるのを見ても「ああ」という呻《うめ》きしか出てこない。

村は恐慌状態に陥っている。

そこかしこで何かが破壊され、人が殺される。

自分の故郷かもしれない場所が、台無しにされていく――

轟音《ごうおん》。

ルミエール家に火砲が炸裂《さくれつ》していた。

ヴィルは地面に這《は》いつくばりながら、思考が再起動するのを自覚した。

恐怖に震えている場合ではないのだ。

コマリならば挫《くじ》けたりはしない。無限大の優しさで目の前の敵と対峙《たいじ》するだろう。

ヴィルはギュッとクナイを握りしめて立ち上がった。

「……これ以上、村の人たちに傷は負わせない。お前はここで私が止める」

コレットが「やめろやめろ」と泣きながらひっついてくる。

しかし、自分がこの悪魔みたいな少女を仕留めなければならない。

コマリもネリアもここにはいない。他に頼るべき人はいないのだ。

「おや勇《いさ》ましい。だが無謀極《きわ》まりない」

「私には未来を視《み》る異能がある。あなたは私に敗北する運命なのです」

「膝《ひざ》が震えております。子供のように拙《つたな》い嘘《うそ》ですね」

トレモロが嘲笑《ちょうしょう》する。

確かに心は恐怖に支配されていた。ヴィルヘイズの本分は戦闘ではない――しかも今回は相手が悪すぎる。魔法でも烈核解放《れっかくかいほう》でもない、人体切断の奇術。そして、殺人をまったく躊躇わない異常性。これで怖がるなというほうが無理な相談だ。

村人たちが「やめろ、逃げるんだ！」と叫ぶ。

彼らは心配してくれているのだ。その思いに応《こた》えなければならなかった。

テラコマリ・ガンデスブラッドなら、そうするだろうから。

ずよん。

何かがしなる音が聞こえた。

それを合図にヴィルは地を蹴《け》った。さっきまで立っていたはずの場所に鋭利な切れ込みが入り、壮絶な地割れが巻き起こった。瞬時に立ち直ったエステルがコレットを抱えて後退する。

やはりトレモロは遠隔から対象を切断する術を使うのだ。

「意外に速い。感心しました」

ずよん。

再び何かがしなる音が聞こえた。

ヴィルは咄嗟《とっさ》にクナイを投擲《とうてき》した。直線的な軌道を描いていたはずのクナイは何故か途中で叩き落とされてしまった。その際、何かが切断されるような気配を感じた。

――ずょん、ずょん、
ずっと琵琶の音色だと思っていた。

それは半分正解で半分不正解だったのかもしれない。

懐から取り出した三本のクナイを一斉に投げつける。それらはすべてトレモロに辿《たど》り着く前に方向を変えられてしまった。だがヴィルは見た――陽光に照らされて輝くナニカが、クナイに切断されて吹っ飛んでいく光景を。

糸。

つまり、この少女は限りなく透明に近い糸を張り巡らせることによって敵をバラバラにしていたのだ。

詳しい仕組みは分からない。

糸が襲いかかってくるのは、彼女がポケットに手を突っ込んでいる時だ。

きっとあの法衣の内側で器用に操作しているのだろう。

「――気づかれましたか。遅いですね」

「遅いのは――そっちだッ！」

風下にいるので毒の煙は使えなかった。

頼れるのは自分の膂力《りょりょく》のみ。ヴィルは横合いから迫りくる糸を間一髪で切断しながら突撃を敢行《かんこう》。クナイを投擲して相手の動きを牽制《けんせい》、トレモロがわずかに身を退かせる――そのタイミングに合わせて力強く跳躍した。

しかし、それは敵を誘い込むための罠だったらしい。

段差がすぐそこにあった。

糸によって切り裂かれた地面がわずかに盛り上がっていた。

足が引っかかり、間抜けな感じでつんのめる。

「私の糸は、トゥモル共和国原産のマンダラ鉱石を加工した神具・《名号絃《みょうごうげん》》。意志力を込めると実体化し、少しの力を加えるだけであらゆる物質を切断することができるのです」

得意げな解説など耳に入らなかった。

地面がゆっくりと近づいてくる。

いや――地面どころではない。足元に張り巡らされた殺戮《さつりく》の糸の渦が、ゆっくりと近づいてくる。それはさながら虫を捕らえる蜘蛛の巣。

回避することはできなかった。

恐れが弾け、嫌な汗が背中から噴き出る。

死にかけた頭の中でぬるりとした絶望が芽生えた瞬間、

「――ヴィル！　無茶しないでよっ！」

誰《だれ》かに身体を支えられた。

コレットが必死の形相《ぎょうそう》でヴィルの腕をつかんでいた。そのままグイッと引き寄せられて背後によろける。ヴィルはコレットを巻き込む形で地面に倒れ込んでしまった。

目の前には、空色少女が涙をこぼして座っている。

「やだ！　やだやだ！　戦争なんてやだ――逃げようよ一緒にっ！」

「コレット殿……」

「今度こそ私がヴィルを守るから！　だから――」

「無駄だ」

ずょん。

糸のしなる音が響き渡った。

コレットの肩口から血が噴き出していた。

驚きも度を過ぎれば悲鳴すら出てこないことが分かった。

とにもかくにも、コレットの右腕はくるくると吹っ飛んでいった。まるで悪夢のような光景だった。しかしそれは現実に相違なかった。

血塗《ちまみ》れの腕がルミエール家のテーブルに落ちるのと同時、彼女の身体がガクンと傾《かし》ぎ、間もなく地面に倒れ伏した。

「コレット……!!」

ヴィルは血の気が失せた気分でコレットに近寄った。

空色少女は不思議そうな表情で天を見上げていた。

ぬるりとした大量の血が地面を潤していく。

村人たちは声もない。ヴィルも声をあげることができない。

「あ……ああ……、」

「ご安心くださいな。その方の心臓を切り裂くことはいたしません。何故なら次期巫女姫を殺すのにはもっと効果的なタイミングがあるからです——しかし困りましたね? このまま放置すれば失血で死んでしまう危険性があります」

殺人鬼の困ったような声。

トレモロ・パルコステラは「まあよいでしょう」と笑った。

「それもまた一興です。さあ、次はヴィルヘイズの番ですよ」

どこかでまた家屋が爆発した。

コレットが「ああ、」と諦《あきら》めたように息を吐いた。

「私……死ぬの……?」

「コレット……! そんな……、」

彼女の悲しみに染まった表情を見下ろしていたとき、ふと酷《ひど》い頭痛がした。

封印されていたはずの記憶が、徐々に色を取り戻していった。

雨、風、雷。

燃える家、誰かの叫び声。

幼いヴィルヘイズの手を引いて森の中を駆けていく、小さな少女の後ろ姿。

そして、世界を覆《おお》い尽くす、紅色の魔力。

――駄目だ、思い出せない。

記憶は肝心なところでモザイクに覆われ、それが何を意味しているのか、まるで分からなかった。そんなことはどうでもよかった。

目の前で、罪のない少女が死にゆこうとしている。

ヴィルヘイズのことを思ってくれている、幼馴染かもしれない少女が――

その現実を認識した瞬間、ヴィルの身体が慄《おのの》きによって震え始める。

自分のせいで……、自分のせいでこの少女は……、

☆

コレット・ルミエールは戦災で両親を喪《うしな》った。

残されたのは、引っ込み思案な幼馴染・ヴィルヘイズだけ。

今でも克明《こくめい》に思い出すことができる――あの戦乱の日、二人は手をつないで雷雨の森を逃走した。追いかけてくるのは次期巫女姫――ヴィルを狙《ねら》う野蛮な連中。やつらは花でも摘むかのような気軽さで人を殺す、人でなしだった。

コレットは顔を涙でぐしゃぐしゃにしながらヴィルの手を引いた。

両親は目の前で真っ二つにされてしまった。最後に彼らは「逃げて」と叫んでいた。だからコレットは逃げるしかなかった。

でも、ヴィルは置いていけなかった。

あの臆病《おくびょう》な幼馴染を放っておけば、両親のように殺されてしまう。

コレットは悲しみを押し殺して直走《ひたはし》った。

燃え盛るルミエール村を顧みず、悲鳴に近い言葉を絞り出す。

――あんたのことは守るから。私にはもう、あんたしかいないから。

ヴィルは声にもならない声で大泣きをしていた。

何としてでも生き延びなければならないと思った。

しかし運命は残酷だった。

大雨のせいで地滑りが巻き起こったのだ。

激しい雷によって視界が真っ白に染まる。世界を揺るがす震動音がしばらく継続し――ふと気づけば、ヴィルは忽然《こつぜん》と姿を消してしまっていた。

――ヴィル。どこなの……？

捜せども捜せども見つからなかった。

こうしてコレット・ルミエールは何もかも失った。

幼馴染を守ることはできなかった。あの日以来、ずっとコレットは雷雨の中で生きている。

親しい人たちと強制的に離別する苦しみ。求めても得ることができない苦しみ。そして――

その悲劇が再び繰り返されようとしていて。

「コレット！　コレット……‼」

「ヴィ……ル……？」

悲しそうに泣いているヴィルの顔がすぐそこにあった。

そうだ、自分は腕を斬《き》り飛ばされたのだ。

痛みも感じられないほど感覚が鈍くなっている。たぶん、このまま死んでしまうのだろう。

「コレット……ああ、どうしたら……」

いつの間にか、〝殿《どの》〟が抜けている。

幼馴染のことを思い出してくれたのかもしれない。

だが、喜んでいる余裕もなかった。

「懐かしい光景ですね」

悪魔が遠くで笑っている。

トレモロ・パルコステラが愉快そうに言葉を紡ぐ。

「この村は六年前にも犠牲になってもらいました。しかしあの時と同じではありません。悲しみの質は今のほうが断然素晴らしい。前回完全に破壊しておかなくて良かった」

心が壊れるのを感じた。そうして目から涙があふれた。

なんてひどいことをするのだろう。

今までのすべての悲しみの原因はこいつら――傭兵団〝星砦〟だったのだ。

悔しい。悔しいけれど何もできなかった。

幼馴染のヴィルは、悲しみに打ちひしがれて動けずにいる。

「一つの曲目を終わらせましょう。あなたは新しい争いの火種となるのだ」

トレモロがゆっくりと歩を進める。

やっぱり、あの時と同じだったのだ。

あの時と同じように、ヴィルを守れず終わるのだろう。

ずょん。ずょん。

不気味な絃の音が辺りに響き渡った。村人たちの悲鳴も聞こえる。世界が壊れていく音がする。どれだけ藻掻《もが》いても身体は言うことをきかなかった。このまま大切なものが悪夢に攫《さら》われてしまうのだろうか――そういう絶望に苛《さいな》まれていた時、

ふと、

天から黄金の光が差し込んでくるのを見た。

「………？」

右腕に違和感を覚えた。血塗れの傷口がいつの間にか黄金によって固められている。止血が施されているのだ――気づけばコレットの周りは温かな金色に満ちあふれていた。

きらきらと降《ふ》り注《そそ》ぐ、優しい金色。

トレモロが薄ら笑いを浮かべて上空を仰ぎ見た。

コレットもその方向を見やる。

一瞬、神様が降臨したのかと思った。

でもよく見れば違う。

太陽を背にして現れたのは――黄金のエネルギーに包まれた吸血鬼。

そして桃色の光を身にまとった殺意にあふれる翦劉《せんりゅう》。

「コマリ様……どうして……」

ヴィルが幻でも見たかのように呟《つぶや》いた。

テラコマリ・ガンデスブラッド。そしてネリア・カニンガム。

ルミエール村を出発したはずの二人が舞い戻ってきたのだ。

それも――コレットには理解しがたい絶大な力を振りまきながら。

「ごめん、これっと」

不意にテラコマリがコレットのほうを向いた。

その小さな口が、かすかに動いた。

「ヴィルをまもってくれて、ありがとう」

何を言われたのか分からなかった。

それでも涙があふれて止まらなかった。

「あとはまかせて。——こいつは、わたしがとめる」

テラコマリの周囲で無数の黄金の剣が旋回している。

そのすべての切っ先が殺人鬼に——トレモロ・パルコステラに向けられている。

琵琶法師は警戒をにじませてポケットから両手を出した。

その指先には、きらりと光る糸が大量に括《くく》りつけられていた。

「これが噂《うわさ》の【孤紅《ここう》の恤《とむらい》】。ネルザンピ卿が一敗地に塗《まみ》れたのも頷ける力強さですね」

「もっかい、しね」

テラコマリが腕をかざした。

黄金の剣が高速でトレモロに襲いかかる。

村に張り巡らされた《名号絃》の糸が、ずょんずょんと切り裂かれていく。

コレットは夢心地でその激しい戦いを眺めていた。

何故だか心が満たされたような気分だった。

これまでずっとただのチビだと軽蔑《けいべつ》してきた吸血鬼だが――なんということだろう。今の彼女は、噂に聞く〝宵闇《よいやみ》の英雄〟のように、凛々しく勇ましく感じられるのだ。

☆

【パンドラポイズン】によれば、コマリは本日死を迎える。

彼女はそれを避けてルミエール村を去ったはずなのに、何故か今こうしてヴィルのもとへ引き返してくれている。しかも、烈核解放【孤紅の恤】を発動させながら。

「コマリ様……」

「ヴィル。かくれてて」

「でも」

「いいから」

コマリは魔力を爆発させてトレモロの糸を切断していく。そのたびに暴れ回る《名号紘》が周囲の瓦礫《がれき》をバターのように切り裂いていく。

【尽劉《みなごろし》の剣花《けんか》】を発動させたネリアがトレモロに向かって突き進んだ。

桃色の光を放つ双剣が法衣に叩き込《こ》まれる――しかし彼女は紙のような身ごなしでヒラリと回避。標的を見失った剣閃が、隣の木を真っ二つに切断した。

――そういう激しい攻防が、幾度も繰り広げられるのである。

このままでは戦闘の余波で周囲の人間が怪我《けが》をするかもしれない。

ヴィルはコレットや副村長たちをルミエール家の瓦礫の後ろへと連れて行った。

ここならば、ひとまずは安心だろう。

「ヴィル……大丈夫……？」

コレットは苦しそうに息をしていた。

他人よりも自分の身を心配すればいいのにと思う。

彼女の傷口は黄金によって塗《ぬ》り固められていた。ひとまず失血死の心配はない。コマリの烈核解放によって、この少女は一命をとりとめたのだ。

だが、彼女の右腕が元に戻ることはない。

自分のせいでとんでもない傷を負わせてしまった。

どれだけ謝っても許される話ではない――

「私は大丈夫よ。こんなの全然痛くないもの」

「コレット……」

「だって、あんたは私を守るために立ち向かってくれた。だから、私はあんたを守るために頑張ったの。これくらいの怪我……、ヴィルが気にする必要はないのよ」

コレットは左手でヴィルの頭を撫《な》でてくれた。

その優しさが胸に沁みた。

我知らず涙が出てくる。自分はこの〝推定幼馴染〟に対して冷淡すぎたのかもしれない。こんなにも心配してくれる人がいたのに、それをろくに顧みず、自分のことばかりを考えて走っていた。

ヴィルは凍《い》てついた頬を動かして、なんとか笑みを作った。

「……ありがとうございます、コレット。おかげで助かりました」

「うん。私もなんとか助かったみたいね……」

「そうです。コマリ様が来たからもう大丈夫なのです」

本当は大丈夫ではない。

【パンドラポイズン】の未来は変わっていないのだ。

だが――今はもう、天命を捻じ曲げるほど強力なコマリの意志力に期待するしかない。

不意に名前を呼ばれた。コレットが泣きそうな顔で「ヴィル……、」と呟いたのだ。

「思い出してくれたんでしょ？　またルミエール村で一緒に暮らそうよ」

「コレット」

ヴィルはコレットの震える手をとった。

恐怖のためか、冷たく、真っ白になっている。

「もしかしたら、私はとんでもない不義理な幼馴染なのかもしれません。だからその場合を仮定してお話しいたします――今まであなたのことを蔑《ないがし》ろにしてしまい、申し訳ございませんでした。私はあなたのことを大切に思っています」

それは懺悔《ざんげ》にも似ていた。

自分の存在意義は、テラコマリ・ガンデスブラッドに奉仕してこそ果たされるのだと思っていた。主人に尽くすことができれば、他はどうでもいいと思っていた。

だが、違ったのだ。

ヴィルヘイズにも、幼馴染が、そして家族がいる。

いるという、可能性がある。

「ありがとうヴィル……ようやく記憶が戻ったのね。ほら、早く逃げようよ。村のみんなとあんたが無事なら、私はそれでいいの……」

「いいえ。逃げることはできません」

ヴィルはそっとコレットから身を離した。

彼女は裏切りを非難するように目を見開いた。

「ど、どうしたの？　どこか怪我した？　痛くて動けないの……!?」

「私は『ヴィルヘイズ・ルミエール』ではありません。コマリ隊のヴィルヘイズです」

「そんな……、」

「あなたが大切だからこそ、私はコマリ様と一緒に戦わなければならないのです」

世界は悪意に満ちている。

トレモロ・パルコステラなど氷山の一角にすぎない。人々のささやかな幸せを好き好んで台無しにしたがる連中は、いくらでも跳梁跋扈《ちょうりょうばっこ》していた。

コマリはそういう馬鹿《ばか》者どもを撃滅するために戦っている。

ヴィルが村やコレットを守るためにできることは、最初から決まっていた。

希代の大英雄――の卵、テラコマリ・ガンデスブラッドの右腕として、彼女の覇業をサポートすること。それはヴィルへイズにしかできないことなのだ。

だから――

「――行ってきます。あの殺人鬼を止めるために」

「待ってよ！　ヴィルが戦う必要なんてないだろ!?　あんたは昔っから臆病な子だったわ！誰かと喧嘩したことなんて一度もなかった！　なのに……なのに……！」

「よせコレット」

副村長が顔をしかめて宥《なだ》めた。どうやら生きていたらしい。

見れば、彼の傷口もまた黄金によって止血されている。

「気持ちは分かるが、それ以上言っても仕方がないだろう。ガンデスブラッドさんやカニンガムさんと一緒なら大丈夫だ」

「でも……！」

「しっかり見なさい。ヴィルヘイズさんは、私たちが知っているヴィルじゃない」

暗闇《くらやみ》に惑う子供のような視線が向けられた。まっすぐ見つめ返すと、「あっ……」と何かに気づいたように口元を覆う。その反応が何を意味するのか、ヴィルには分からなかった。

コレットは悲しそうに目を伏せて呟いた。

「あんたは……、成長していたのね。私と違って」

ヴィルは静かに頷《うなず》いた。

「いつか役目を終えたら、一緒にご飯を食べましょう。それまでどうかお待ちいただけますように」

クナイを握りしめて踵《きびす》を返す。

ルミエール村の戦いは激化していた。

一刻もはやく加勢に向かわなければならない。コマリ倶楽部が力を合わせれば、どんな巨悪も打ち滅ぼせるだろうから――……、

「………？」

ヴィルはにわかに悪寒を覚えて天を仰ぐ。

何故だか嫌な予感がした。

わずかに傾きつつある二つの太陽の向こう、
暗雲の影に隠れて、禍々《まがまが》しい星が輝いているのが見える。

テラコマリ・ガンデスブラッドは報告通りの傑物《けつぶつ》だった。

単純な戦闘能力の問題ではない。

この吸血鬼には絶対的な使命感と信念がある。それはトレモロ・パルコステラが胸に秘めた野望と同程度の――ともすればそれ以上の輝きを放つ強力な意志力。

黄金に輝く剣が襲いかかる。

トレモロは家屋に引っかけた糸を手繰り寄せ、素早く回避した。

爆風。先ほどまで立っていた場所に豪雨のごとく殺戮の剣戟《けんげき》が殺到した。村の大地がずたずたに抉《えぐ》られて地獄の剣山が現出する。アルカの兵士たちが悲鳴を漏らして逃げていった。

「どちらが村を破壊しているのやら」

ずょん。

指を動かして糸を操《あやつ》る。テラコマリの位置ならば厩舎《きゅうしゃ》付近のアルカスギに引っかけてあった四九六番を引けば事足りるだろう――しかし彼女の首を切断するべく襲いかかった四九六番は桃色の横薙ぎによって断ち切られてしまった。

ぴんっ。甲高い音が響いてアルカスギが大きくしなった。

トレモロが動揺した隙《すき》を狙って桃色の翦劉が駆けてくる。

ネリア・カニンガム。

傭兵団〝コマリ倶楽部〟はリーダーばかりに目が行きがちだ。しかしあの少女も計り知れない力を秘めている。決して油断してはならない。ネルザンピの報告によれば「すべてを真っ二つにする能力者」らしいが――

「なるほど利他の妙技ですか。なんて素晴らしい」

「お前に褒められても嬉《うれ》しくはないッ！」

ネリアが双剣を振るった。

それだけでトレモロの《名号絃》は屑糸《くずいと》のように解《ほつ》れていく。

「小賢《こざか》しい！」

「ではこれは」

トレモロは中指を引いた。

ルミエール村の名物〝人面岩〟に接続された二二一番を全速力で躍動させる。

巨大な岩石がボールのように襲いかかった。

ネリアは目を見開いて双剣を握り直す、しかし遅い、そのわずかな隙を逃すわけがない
――トレモロは即座に六八番を引いてやった。

噴水に括りつけられた八八四番と連鎖して四方八方から殺戮のカッターが殺到する。

「ッ」

〝骸奏〟トレモロ・パルコステラは星砦の中でも随一の戦闘能力を誇る。

これまでトレモロと対峙した者はほぼ例外なく肉片になってきた。

唯一の弱点は〝準備に手間と時間がかかること〟。

万全の状態で戦うためには、予《あらかじ》め《名号絃》を仕掛けておく必要があった。

だが、慎重に行えば何も難しいことはない。

トレモロはこっそりコマリ倶楽部の後をつけ、ルミエール村に辿り着いた。

そして村人たちが歓迎会で浮かれている間、アルカの兵士たちに依頼して糸を張り巡らせておいたのだ。

ちなみにトレモロ自身は村人の注意を引きつけるため、変装して太鼓をドンドコ叩いていた。

副村長の飼い犬にバレて追いかけ回されたけど、大した問題ではない。

とにかく、準備は万端だった。

木、家屋、岩、段差、畑、煙突――村のあらゆる部分にトレモロの〝指〟が仕掛けられている。

そう、すべては〝骸奏〟の掌の上。

ルミエール村に逃げ込んだ時点で、やつらの敗北は決定しているのだ。

「死んでください。来世もまた人に生まれることを祈っておきましょう――」

「だめ」

しかしトレモロの目論見《もくろみ》は外れた。

黄金の殺意が吹き荒れる。

次の瞬間――ネリアに迫っていたあらゆる障害が吹き飛んでいった。

テラコマリが発した無数の刃がすべてを破壊していたのである。

「なっ……」

ネリアが「ありがとうコマリ！」と叫んで突貫してくる。

トレモロは泡を食って糸を手繰り寄せた。

三八九番――はすでに切り落とされている。

ならば四〇三番と四〇四番を使うしかない。

ずょん。ずょん――まるで楽器を奏《かな》でるような音色がルミエール村に響き渡る。

ぴん！　ぴん！――彼女が剣を振るうたびにトレモロの殺意が解れていく音がする。

そして捌《さば》ききれない攻撃はすべてテラコマリが対処していた。

黄金の魔力を拡散させながら無数の剣が射出される。そのたびごとにネリアはトレモロとの距離を詰めていく。

この少女たちには見えているのだ――普通は感じ取ることもできない、《名号絃》のかすかな息遣いが。

高度な戦闘訓練を積んだ者はトレモロの意志力を敏感に察知して対処してくる。

たとえば、同じ星砦のネルザンピやネフティはトレモロでも殺害するのに苦労するだろう。

テラコマリとネリアはすでにその域に達しているのだ。

それは当然のことなのかもしれなかった。

彼女たちはネルザンピの陰謀を打ち砕いた。

つまり——すでに星砦に土をつけている猛者なのだ。

「ふふふ。私の想定よりもお強いですね」

再びありったけの速度で糸を引く。

しかし何をやっても意味はなかった。

ネリアの剣とテラコマリの剣によってすべて切断されてしまう。

不意に悲鳴が木霊《こだま》する。

標的を見失った糸がアルカ兵たちをバラバラに切り裂いていた。

それらの犠牲を踏み越えてネリアは突き進んでくる。

ずょん。ずょん——殺意の音楽が奏でられる蜘蛛の巣の中、桃色の少女の美しい身体の動きはまるで舞踊を舞っているかのようにも見えた。

その浮世離れした光景に一瞬目を奪われた時——

気づく。

「――やっと辿り着いたわ。死になさい」

すでにネリア・カニンガムは眼前まで迫っていた。

トレモロは顔に熱がのぼってくるのを自覚した。若々しい少女のまっすぐな視線にさらされると、何故か気恥ずかしくなってしまうのだった。

「いやです」

脱出用の六〇番を引いた。

いくらトレモロが最強の戦闘能力を誇るとはいえ、糸使いにありがちな〝近接戦は苦手〟という呪縛《じゅばく》から逃れることはできない。

いったん距離を取って仕切り直そうではないか。

そう思って糸の流れに身を任せた瞬間――

「きゃっ」

プツンと糸が切れた。トレモロの身体は慣性力に則ってゴロゴロと地面を転がった。背負っていた琵琶までどこかへ吹っ飛んでしまった。

「え――？」

そうしてトレモロは、指から糸がするすると抜けていくのを感じた。

黄金の殺意が充満していた。

宙に浮いたテラコマリが、ルミエール村に雨のごとく刀剣を降り注がせていた。ざくざくと大地が抉られる。そのたびにプップッと《名号絃》が切断されていく。トレモロが準備していたすべての策が両断されていく。

「ああ……なんてことなの……一〇八〇本の《名号絃》が……」

「あんたの負けよ」

誰かが土を踏む音が聞こえた。

ネリア・カニンガムが双剣を構えてこちらを睨《にら》んでいる。

「大人しくしろ。星砦について色々と吐いてもらうわ」

「そうは参りません」

トレモロは懐から《名号絃》の束《たば》を取り出した。これを魔力で操れば少しくらいは抵抗できるだろう――しかしまたしてもトレモロの計画は破綻《はたん》するのだった。

――ぎゅっ。

「？」

《名号絃》を握った右手首を誰かにつかまれた。

不審に思ってトレモロは視線を背後に走らせる。

そこには瞳に怒気を滾《たぎ》らせる少女――ヴィルヘイズが立っていた。

「ようやく捕まえました。年貢の納め時ですよ」

「おやおや。これはヴィルヘイズ――、、」

げほっ。

不意に口から血があふれた。

「あれ――」

ぼたぼたと赤黒い血液がしたたる。

トレモロは苦しみに喘ぎながらその場に崩れ落ちた。胃のあたりに奇妙な感覚がわだかまっていた。間もなく焼けるような痛みが腹の底から這い上がってくる。

これは――この感覚は。

まさか、

「ちょっとヴィルヘイズ！　毒使うんなら言ってよね⁉」

「そちらは風上なので大丈夫です。――さあトレモロ・パルコステラ。すべての報《むく》いを受ける時が来たようですね」

なるほどそうか。これは毒か。

因果応報――これまで悪行《あくぎょう》に励んできた報いなのか。

トレモロは胸を押さえながら周囲を見渡した。

背後にはクナイを構えたヴィルヘイズ。目の前ではネリア・カニンガムが殺意の視線を突き刺してくる。少し離れた上空ではテラコマリ・ガンデスブラッドが刀剣を旋回させていた。

毒が回っているせいで身体が上手《うま》く動かない。

アルカの兵士は先ほどの刀剣の雨で駆逐されてしまったようだ。

人々は腰を抜かして黄金の空を見上げている。

ルミエール村の誰もがトレモロを非難している。

悲しみが満ちあふれている——

「おわりだ」

テラコマリが手をかざした。ネリア・カニンガムやヴィルヘイズが村人を連れて避難を始める。これから目の前の琵琶法師を殺害するための攻撃が開始されるのだ。

傍《はた》から見れば、まさに年貢の納め時。

しかし——トレモロには熱意があった。

星砦として人類滅亡を成し遂げるための、強烈な意志力があった。

「ここに最後の一本があります」

トレモロは右手の人差し指を立てた。

第一関節の辺りに、うっすらと光る《名号絃》が巻き付けてある。

「私に残された蜘蛛の糸。これであなたを仕留めてみせましょう——」

ぴんっ、
命綱は一瞬にして断ち切られてしまった。わずかに遅れて背後の瓦礫に黄金の剣が突き立てられる。どうやら情けはかけてくれないらしい——

「あきらめろ」

「――ふふ。私は諦めませんよ」

だが――その容赦のなさが命取りとなった。

にわかに世界がみしみしと悲鳴を漏らす。

木々がざわめき家屋が傾いでいく。

村人やアルカの兵士たちが「なんだ⁉」と驚愕《きょうがく》して立ち止まった。

「？　なにを、」

「分かりませんか。最後の絃はルミエール村にとっての命綱だったのです。この村はすでに壊れていました――それを支えていた糸を切ったのは、あなたなのです」

テラコマリの精悍《せいかん》な顔つきに、わずかな動揺が走る。

ほどなくして、ルミエール村の地面にいくつもの断裂が走った。

破滅的な音を轟《とどろ》かせながら大地が陥没していく。堤防が壊されたのだろう、川からあふれた水が龍のごとく暴れ回り、そこかしこで大洪水が巻き起こった。村人や兵士たちが瓦礫に呑《の》まれて押し流されていく。天地が鳴動して惨劇の幕が開ける。

トレモロは毒の回った身体に鞭《むち》を打って跳躍した。

比較的被害の少ない瓦《かわら》屋根のてっぺんに立ち、よいしょと琵琶を背負い直す。

ルミエール村の大地は、予め《名号絃》でいくつものブロックに分解しておいた。

誰も気づけなかった理由は簡単――再度《名号紘》を用いて継《つ》ぎ接《は》ぎにしていたからだ。それぞれのブロックを繋《つな》ぎとめている糸を切断してしまえば、破滅が訪れるのは必定《ひつじょう》。

「さあ、テラコマリさん。私の相手をしていただいているところ恐縮なのですが、そういう暇がありますでしょうか。尊い衆生《しゅじょう》の命が失われてしまいますよ」

「…………、」

宙に浮かぶテラコマリは、しばし呆然《ぼうぜん》と動きを止めた。

しかし立ち直るのは速かった。

黄金の魔力を棚引かせ、それこそ星のような速度で村を駆け巡り始める。

トレモロは法衣の内側からナイフを取り出した。

隙は、いくらでもあった。

☆

全能感がどんどん薄れていった。

焦《あせ》りのせいで冷静な判断もできなくなってくる。

私はほとんど素の意識のまま村を飛び回っていた。眼下には洪水に攫われていく人々の姿があった。急いで彼らのもとへ向かい、腕を引っ張り上げて安全な場所へと連れて行く。それを何度も繰り返しているうちに、心の中で絶望の苗が育っていった。

私一人ではどうにもならない。

あふれる水、沈む地盤、倒壊する家屋――

助けるべき人の数が多すぎる。

「こ、んな、ことが……、」

ヴィルは。エステルは。コレットは。ネリアは――仲間たちは無事だろうか。ここからだと分からない。心細い。とにかく苦しんでいる人たちのために行動しなくちゃ、

「！」

ふと、小さい子が木にしがみついている光景を目にした。

激流にさらされ、今にも地の底へ流されてしまいそうになっている。

後先考えずに身体が動いた。黄金の魔力を振りまきながら燕のような速度で急降下する。

「ぐ」

突如として脇腹《わきばら》に衝撃が響いた。

魔力が失せる。絶望が押し寄せてくる。どこからともなく飛んできたナイフがお腹に突き刺さっていた。

もはや飛ぶことすらできない。

【孤紅の恤】を強制解除された私は、そのまま錐揉《きりも》み状態で地面に墜落した。

背中をしたたかに打ち、意識が飛びそうになる。洪水と土砂《どしゃ》崩れの渦中《かちゅう》ではなく、少し小高い位置に落ちたのは不幸中の幸いだったのだろう——しかしそんなことがどうでもよくなるほどに痛かった。

ナイフで抉られた傷口から、血がとめどなくあふれていた。

それでも私は歯を食い縛って耐え忍ぶ。

この村には私よりもつらい思いをしている人たちが大勢いるのだから——

「——しぶとい。さすが星砦に仇《あだ》をなす者ですね」

前方。

私は息を荒くしながら顔を上げた。

トレモロ・パルコステラが、右手にナイフを握りしめて立っている。

彼女は恥ずかしそうな笑みをこぼし、ゆっくりと一歩を踏み出した。私にトドメをさすつもりなのだろう。

「お前……、ヴィルの、毒が、効いてたはずじゃ……」

「治りました。あれは〝霊音種《れいおん》〟を対象とした毒ではありませんでしたので」

わけが分からない。しかしトレモロが全快したのは事実のようだった。

私はなんとか逃げようと思って身を起こす。

しかし筋肉から力が抜け、その場に崩れ落ちてしまった。

頭が朦朧《もうろう》としている。痛みの感覚が鈍くなっていく。刺されたことは何度かあるけれど、今回は刺されどころが悪かったらしい——、

「さあ、お楽しみです」

ずょん。ずょん。ルミエール村に琵琶の音が響く。

トレモロが恍惚《こうこつ》とした足取りで近づいてくる。

「ネルザンピ卿の無念、晴らさせていただきましょう」

ああ、自分はこのまま殺されてしまうのだろうか。

そんなふうに諦めかけたとき、

「——コマリ様!!」

掠《かす》れた視界の向こうから、青髪の少女がやってくるのが見えた。

☆

ヴィルヘイズはコレットに支えられながら、這《ほ》う這《ほ》うの体《てい》で進む。

土砂崩れが起きたとき、コレットを庇《かば》って右足首を強打したのだ。

だが痛みにへこたれている場合ではない。土砂と濁流で破壊し尽くされたルミエール村の小高い丘、その真ん中に敬愛する主人が倒れているのだから。

「コマリ様っ！」

泣き叫びながらコマリのもとへ近寄った。彼女は痛ましい姿で地に横たわっていた。お腹が抉れ、取り返しがつかないほど大量の血液がこぼれている。

「ヴィル……、」

「コマリ様、しゃべらないでください。血を止めますから……」

「……よかった。お前もコレットも……無事だったんだな。さっきの子は……、あと……ネリアは、エステルは……」

背後でコレットが息を呑む気配がした。

コマリの手を握りしめながら、ヴィルは怒りに打ち震えた。

「他人のことなんてどうでもいいだろ」と絶叫してやりたい気分だった。

この人は自分の痛みに無頓着すぎるのだ。はやく治療をしなければならない。

ならないのだが――どうすればいいのか少しも分からなかった。

ここには魔核がない。傷が即座に治ることはない。

「ヴィル！　テラコマリの顔色が……、」

コレットがほとんど悲鳴のような声を漏らした。

いつの間にかコマリは意識を失っていた。

顔は枯草のように青白く、呼吸もか細く弱まっている。

絶望的な事実に気づいた。

この未来は、【パンドラポイズン】で視たものとまったく同じだ。

「——眠るようにお亡くなりになりましたね。これで星砦の障害が一つ消えました」

くすくすと意地悪な笑い声が聞こえてきた。

トレモロ・パルコステラが、ポケットに手を突っ込みながら立っている。

コレットが「ひっ」と怯《おび》えたように後退する。

「こ、こいつやっぱりおかしい！　テラコマリを連れて逃げようよっ！」

「で、でも、コマリ様は……」

「命運は決しました。テラコマリさんの旅路《たびじ》はここで終わりのようですね——そしてヴィルヘイズ、次はあなたの番ですよ」

トレモロがナイフを構えて近寄ってくる。

戦うべきだ。でもコマリを放っておけない。そもそもこんな足で戦えるのか？　いや、今すぐコマリの血を止めなければ。でもその間にトレモロに殺されてしまう。コレットを守ることもできない。いったいどうすれば——

ずょん。

「動かないでください。刃物を使うのは苦手なので」

影が落ちた。

殺人鬼がすぐそこに立っていた。

ナイフを握った手が蛇のような動きで降ってくる。

ヴィルは座り込んだまま硬直していた。コマリ様が死んでしまうかもしれない、そういう絶望的な予感が全身を雁字搦《がんじがら》めに縛りつけていた。心臓がばくばくと鳴り、コレットの悲痛な声が聞こえ、これまでの出来事が走馬灯のようにぐるぐると駆け巡り――


「――見つけた！　あんたが星の手先なのねっ！」


上空から聞き覚えのある声が降ってきた。

次いで――ものすごい勢いで何かが目の前に墜落した。

土がめくれ上がり、辺りに砂煙が立ち上る。コレットが悲鳴をあげてひっくり返り、ヴィルも思わず目を瞑《つむ》って顔を背《そむ》けてしまった。

頭が追いつかない。いったい何が起こっているのだろう――ヴィルは禍々しい気配を感じて思わず顔を上げた。何故だか全身が震えて仕方がなかった。刺々《とげとげ》しい邪悪な気配が世界を蝕《むしば》んでいく。ルミエール村がさらなる闇《やみ》に包まれていく。

ヴィルは震える声を辛うじて絞り出した。

「どうして、あなたが……」

それは、あまりにも意外な人物だった。

まるでヴィルを護《まも》るようにして、一人の少女がそこにいた。

しかも――あろうことか、そいつはトレモロのナイフを人差し指で止めていた。

コレットが「だれ……？」と呆けたように呟く。

トレモロが「嗚呼《ああ》……」と恐怖のにじむ掠れ声を漏らした。

少女は「まったくもうっ！」とぷんぷん怒っている。

「よくも私の箱庭を荒らしてくれたわね！　ルミエール村は常世の要《かなめ》の一つだったのよ⁉　それなのに……こんなにボロボロにしてくれちゃって！　絶ッッッッッッッッ対に許さないんだからねっ！」

輝く太陽のような金髪をツインテールにした吸血鬼。

宗教じみたコーディネートなのは、彼女がつい先日まで〝ユリウス6世〟という聖職者だったからだろう。そしてその衣服のいたるところに逆さまの月をモチーフにした飾りがあしらわれていた。

スピカ・ラ・ジェミニ。

逆さ月のボスが、何故かヴィルに背を向けて立っていた。

「あなたは……、夕星《ゆうせい》が言っていた……」

「スピカ・ラ・ジェミニよ！　そういうあんたは誰？」

ぱきん、とナイフが割れる。

トレモロが戦慄《せんりつ》した様子で二、三歩引いた。

スピカは刃物の破片をポイっと放り捨てながら、「あのねえ」と呆れ気味に一歩つめる。

「怖がってないで、あなたのお名前も教えてくれない？　私は自己紹介をしたのよ？　名乗られたのに名乗り返さないって、失礼だと思わない？　これじゃあ仲良くなれないわ！」

「そ――そうですね。私の名前はトレモロ・パルコす」

拳《こぶし》がトレモロの顔面にめり込んでいた。

琵琶法師の身体はひとたまりもなく吹っ飛んだ。

竹とんぼのように空中を何度も回転して――がしゃあんっ!!　と背後の瓦礫に激突する。もくもくと立ち込める土煙。状況が意味不明すぎて、頭がどうにかなりそうだった。隣のコレットも混乱して目を回している。

「――あはははは！　引っかかったわね！　あんたと仲良くしたいわけないでしょ」

スピカは懐から飴《あめ》を取り出して口に含んだ。

まるで花畑を散歩するかのように穏やかな足取りでトレモロの元へと向かう。

砂塵《さじん》の中でぐったりしていた彼女の胸倉《むなぐら》を、グイッと力尽くで引っ張り上げた。月面に吹く風のように冷たい声色《こわいろ》で、スピカは問う。

「さあ、夕星の居場所を吐け」

「それは……それは……言えるわけがありませぬ……」

「殺されたいのか？」

「知りませぬ。護衛役は〝枢人《きゅうじん》〟ネフティ・ストロベリィが務めておりますゆえ」

「じゃあ、そいつの居場所は？」

「思い出します。思い出しますので少しお待ちを……」

傍から見てもトレモロに勝ち目はないように思えた。

スピカは縊《くび》り殺すような勢いで琵琶法師を責め立てている。

彼女の目的は何だ？　助けに来てくれたのか？　今までずっと敵対していたのに？　そもそも何故ここにいるのだろう？――疑問が渦を巻いて微動だにできない。

「――思い出しました。住所を書いた紙がポケットに入っております」

「そう？　教えて」

「はい。こちらでございます」

トレモロがポケットから手を取り出した。しかしそれは紙ではない――野球で使うボールほどの大きさの黒い玉だった。

「！、あんた、」

「さようなら。今日のところは引き分けですね」

トレモロが黒い玉を地面に叩きつけた。

ぼふんっ‼——突如として紫色の煙が拡散する。

ずょん。ずょん——どこからともなく絃の音も聞こえてくる。

スピカが「げほっげほっ」と咳《せき》をした。もくもくと広がる煙を突き破るようにして、トレモロの身体が高速で空のかなたに吹っ飛んでいく。あの少女は脱出用の糸を残していたのだ——愕然《がくぜん》としているうちに、琵琶法師の姿は山の向こうに消えて見えなくなってしまった。

やがて煙は風に攫われ薄れていく。

そこに残されていたのは、琵琶法師の口から漏れた数滴の血だけ。

スピカは紅色の飴をゆらゆらと揺らしながら溜息を吐いた。

「何よっ⁉　煙玉なんて卑怯《ひきょう》じゃないっ⁉　ねえヴィルヘイズ」

「え…………」

急に話を振られて度肝《どぎも》を抜かれる。

スピカ・ラ・ジェミニ——〝神殺しの邪悪〟は、くるりと踵を返すと、にっこりした笑みを浮かべてこちらに近づいてくる。

恐れのあまり手足が震える。しかし勇気を奮い立たせなければならない。コマリを守らなければならない——そう決意して懐からクナイを取り出した。

「どうしたの？　私が敵に見えるってわけ？」

「…………、」

「大当たりねっ！　私があなたの命を救いに来たと思ったら大間違いよ」

スピカが「よっこらしょ」と屈《かが》む。

何をするのかと思って見ていると、彼女は地面に倒れているコマリの身体を持ち上げ、そのまま強引《ごういん》に〝おんぶ〟した。彼女の脇腹からぼたぼたと血が垂れるのを目にした瞬間、ヴィルは視界が真っ赤になるほどの怒りを覚える。

「軽いわねえ。まだまだ子供だわ」

「なッ……、何をするんですか！　コマリ様を離してくださいっ！」

摑《つか》みかかろうとしたが、足が痛んでずっこけた。

地面に顔から滑り込み、全身泥だらけになってしまう。立ち上がろうとしても、痛みと疲労で身体が言うことをきいてくれなかった。

「安心しなさいっ！　今は殺したりしないわ――【孤紅の恤】は〝星砦〟を殺すための道具として利用できる」

「スピカ・ラ・ジェミニ……、お前は……、」

「あなたはそこで〝幼馴染〟と一緒に這いつくばっていればいい。村人は私の仲間が救出してくれているわ。ネリア・カニンガムも紅褐色《こうかっしょく》の真面目《まじめ》そうな子も無事よ。それに、もうすぐムルナイトの軍が到着するみたいだから、ここでじっとしていれば死にはしない」

「勝手な真似《まね》は、許しません……コマリ様を……下ろしてください……」

「下ろしたら死ぬわよ？　それでもいいの？」

言葉につまる。

ヴィルには彼女を救う手立てはないのだ。

「あなたは無力感に打ちひしがれて項垂《うなだ》れているといいわっ！　テラコマリは私が上手く使ってあげるから」

「ま……待てっ……！」

スピカは聞く耳を持たなかった。

動けないヴィルとコレットの横を素通りし、鼻歌を歌いながら村の出口のほうへと去っていった。逃がすまいと全身に力を込めたが、どろどろの地面に足を取られて再びひっくり返ってしまう。体力が、尽きていた。

「コマリ様……」

メイドとして、いつでもコマリのそばにいると誓った。

世界を征服するためのサポートをすると決意した。

しかし——早々にこんな結果になってしまうとは思いもしなかった。

第一、意味が分からない。

どうしてスピカが現れるのか。どうしてコマリが攫われなければならないのか。

あまりにもぐちゃぐちゃではないか——

そのとき、コレットが驚愕に震える声を漏らした。

「賢者様……？」

「え？」

聞き間違いかもしれなかった。

ヴィルが問《と》い質《ただ》すよりも前に、コレットは「ううん」と首を振る。

「追いかけても無駄よ……あんなのに勝てっこないわ……」

「…………」

ルミエール村は壊滅状態。

だが――洪水はいつの間にか収まり、大地の沈没も止まったようだ。

邪悪な気配が払われ、雲の隙間《すきま》から穏やかな光が差し込んでくる。遠くから軍隊の奏でる靴の音が聞こえた。ムルナイトの兵士が到着したのかもしれない。

それは慰めにはならなかった。

遠ざかっていく主人の背中を呆然と見つめながら、ヴィルはどうすることもできずに歯軋りをした。

[5.5] 霹靂《へきれき》

常世《とこよ》の戦乱は混迷を極《きわ》める。

それは絶大な〝願い〟を巡る物語の始まりでもあった。

お互いに譲れないものがあるからこそ戦いはやむことがないのだ。誰《だれ》かを傷つけ、傷つけられ、殺し、殺され、悲喜こもごもの戦いは連鎖していく。

鍵《かぎ》となるのは、ありふれた思いやりの心に他ならない。

しかし、人々がそれを思い出す日が来るのは遠いように思われた。

☆

常世・白極帝国——
宮殿の広場に奇妙な一団が現れた。まるで【転移】の魔法のような唐突さである——しかしこの世には魔法という概念は存在しない。見回りの任務に就《つ》いていた衛兵は、突如として出現した彼らに対し、わけも分からず腰を抜かすことしかできなかった。

人数は二十名ほど。

種族や年齢、性別はバラバラで統一感がない。

しかし彼らには意志が宿っていた。何としてでも〝失われた仲間〟を取り戻そうという固い意志が——

「——ここが常世ですか。向こうと変わらず、空は青いのですね」

しゃん、と鈴の音が鳴った。

一団の先頭に立っていた和装の少女、アマツ・カルラが冷静な声で呟《つぶや》いた。

「さっそく行動を開始しましょう。まずは周囲の状況を探るのです」

「うん。テラコマリ先生、どうしてるかな……」

傍《かたわ》らには忍者装束《しょうぞく》の少女、峰永《みねなが》こはるが不安そうな表情で立っている。

カルラは「大丈夫ですよ」と勇気づけるように微笑んだ。

「コマリさんは強いお方ですから、きっと無事です。こはるもそう言ってたじゃないですか」

「小説の続きが読めなくなるのが心配」

「どこを心配してるんですか、あなたは……」

こはるは「冗談」と真顔で呟いた。

その小さな手が震えているのを見るに、彼女も緊張しているのだろう。無理もない——カルラは反射的に大丈夫と言ってしまったが、大丈夫である保証はどこにもないのだから。

「カルラさん。はやく出発しましょう」

「そうですね——ひっ⁉」

カルラの隣に立ったのは、サクナ・メモワール七紅天《しちぐてん》大将軍である。コマリ大好き人間にして、元テロリストの超絶美少女。

彼女の瞳《ひとみ》が恐ろしいほど濁っているのを目にした瞬間、カルラは思わずたじろいだ。

これは人を殺すやつの目だ——そう思った。

「コマリさんは困っているはずなんです。私が助けてあげないと」

「は、はい！　それではまず方針を決めましょう！　どこか落ち着ける場所を探して——」

「あの日はコマリさんとお菓子パーティーをする予定だったのに。一緒に夜明けまでお話しをする予定だったのに。どうしてこんなことになるんですか？　どうして神様はコマリさんにヒドイことをするんですか？　許せない。許せない。コマリさんのところへ行かなくちゃ」

「こはる助けて〜〜〜‼　サクナさんがおかしくなってしまいました‼」

「元からおかしいよ」

「あはは……私の邪魔をするんですね？　邪魔者はおしおきです。氷漬けにして記憶を抜き取ってあげます」

「サクナさん落ち着いてくださいっ！　いったい誰と話してるんですか…………ん？」

ふと人の気配を感じ、前方に視線を向ける。

そこには鎧をまとった兵士たちが勢揃いしていた。どう見ても友好的な雰囲気ではない。張りつめた殺意と緊張が寒々しい宮殿に充満していく。

「……えっと、どちら様ですか？」

「こっちは不法侵入者。武力で撃退されても文句は言えない」

最悪だった。

カルラは泡を食って兵士たちに向き直った。

「あ、あのっ！　私たちは怪しい者ではありませんっ！　まずは話し合いを――」

「まどろっこしいです。私がすべて蹴《け》散らしてあげます」

「お願いだから本当に待ってくださいっ!!　ここたぶん魔核《まかく》ないんですからねっ⁉　怪我《けが》したら大変なことになりますからねっ⁉」

「放してくださいっ！　私はコマリさんの元へ行かなければいけないんです……！」

「わかってます、わかってますから杖《つえ》をしまってください今すぐに！　戦争が始まってしまいますからあっ!!　こはるもクナイを構えないで落ち着いてくださいっ！」

カルラは飛び出そうとするサクナを慌てて羽《は》交《が》い絞めにした。

前途多難。コマリを見つける前に自分たちが死んでしまいそうだった。

とにもかくにも、かくして捜索隊は活動を始める。

☆

常世の景色は何もかも変わってしまった。

私が目指した理想郷からは程遠い。空は赤く、そこかしこで悲劇の戦《いくさ》が繰り広げられる。悲しみのエネルギーが満ちあふれている。少し呼吸をするだけでも喉《のど》がひりつくほどだった。

この状況を生み出した元凶は明らかだ。

〝星砦《ほしとりで》〟。

やつらを止めない限りは、何も始まらない。

やつらを止めるためならば、どんな手段だって使ってみせる。

私は踵《きびす》を返して家屋の中へと戻った。トゥモル共和国とかいうよく分からない国の軍隊によって蹂躙《じゅうりん》された、名もなき村の土蔵だ。

部屋の中央に、粗末なベッドが置かれている。

そして、泣きそうな顔でベッドに縋《すが》りついている少女が一人。

「──テラコマリの様子はどう？　アイラン・リンズ」

少女──アイラン・リンズがハッとして振り返った。

緑色の髪、孔雀《くじゃく》のようなヒラヒラとした衣装。

「……せ、せ、」

リンズがつっかえつっかえに言葉を発した。

怖がられているらしい。私ほど寛大な吸血鬼は存在しないというのに。

「せ、【先王の導《せんおうしるべ》】を……魔核以外に使うのは、初めてだから……でも、たぶん、助かるんじゃないかなって……、でも、これは応急処置にしかならなくて……ずっと手をつないでないと、【先王の導】は切れちゃうから……」

「あんたの仕事は応急処置よ。コルネリウスが到着するまで持ちこたえればいいからね——ふうん、顔色がよくなってきたじゃない」

烈核解放《れっかくかいほう》は心の力。

リンズの「テラコマリを救いたい」という気持ちが世界に干渉しているのだろう。

私は血の飴《あめ》をポケットから取り出し、なんとなく彼女の寝顔を眺める。

世界を変える、希代の大英雄。

こうしてマジマジと観察してみると、あまりにも小さい。

六百年も生きた人間にとっては赤ちゃんみたいなものだ——しかし、その身体に秘められた意志力、優しさは、私のそれにも匹敵《ひってき》するくらいに強大だった。

「テラコマリ。せっかく助けたんだから、なるべく死なないでね」

思わず笑みがこぼれる。

小さな吸血姫《きゅうけつき》の寝顔を見下ろしながら、私は静かに語りかけた。

「あんたも世界を変えたいんでしょ？　星砦が許せないんでしょ？　だったら——さっさと傷を治して私を利用しなさい！　スピカ・ラ・ジェミニはテラコマリ・ガンデスブラッドを歓迎するわ！」

あとがき

お世話になっております、小林湖底《こばやしこてい》です。


8巻です。

異世界に飛ばされたコマリ一行の運命やいかに……!?

そんな感じの内容でした。実際、いきなり異世界に飛ばされても困りますよね……私も困った経験があります。というわけで、コマリたちが戸惑いながらも前に進んでいく様子を見守っていただければ幸いです。


遅ればせながら謝辞《しゃじ》を。

多くのキャラクターを可愛《かわい》く鮮やかに描いてくださった、りいちゅ様。

ひきこまりらしい素敵なデザインに仕上げてくださった、柊 椋《ひいらぎりょう》様。

随所でたくさんのアドバイスをくださった、杉浦よてん様。

その他、刊行・販売に携わっていただいた、多くの皆様。

この本をお手に取ってくださった、読者の皆様。

すべての方々に厚く御礼申し上げます、ありがとうございました！

9巻の舞台は引き続き常世《とこよ》です。

是非《ぜひ》お付き合いいただければと存じます。

（そして今回もこの場を借りて宣伝……）

月刊ビッグガンガン様にて、りいちゅ先生による『ひきこまり吸血姫《きゅうけつき》の悶々《もんもん》』コミカライズ版連載中です！　この後書きを書いている時点では4話まで拝見しましたが、どの話もコマリ溢れる最高のコミカライズとなっております。第七部隊もめちゃくちゃイキイキしていて面白く、原作担当の私も思わず笑ってしまいました。公式サイトで試し読みもできるそうなので、ぜひぜひよろしくお願いします！

小林湖底

ファンレター、作品の
ご感想をお待ちしています

〈あて先〉

〒106－0032
東京都港区六本木2－4－5
SBクリエイティブ(株)
GA文庫編集部 気付

「小林湖底先生」係
「りいちゅ先生」係

**本書に関するご意見・ご感想は
右のQRコードよりお寄せください。**

※アクセスの際や登録時に発生する通信費等はご負担ください。

https://ga.sbcr.jp/

ひきこまり吸血姫の悶々 8

発　行　　2022年5月31日　初版第一刷発行
　　　　　2023年5月 1日　　第三刷発行
著　者　　小林湖底
発行人　　小川　淳

発行所　　SBクリエイティブ株式会社
〒106-0032
東京都港区六本木2-4-5
電話　03-5549-1201
　　　03-5549-1167(編集)

装　丁　　柊椋 (I.S.W DESIGNING)

印刷・製本　中央精版印刷株式会社

ISBN978-4-8156-1642-7
Printed in Japan　　GA文庫

試読版は

こちら!

処刑少女の生きる道《バージンロード》7―ロスト―

著：佐藤真登　画：ニリツ

GA文庫

「だから、この【時】を懸けて、あの子を取り戻すのよ」

導師《マスター》『陽炎《フレア》』との激戦から半年。第一身分《ファウスト》に追われるメノウたちは、北の大地にいた。マヤの持つ1000年前の記憶によれば、北の空に浮かぶ四大人災《ヒューマン・エラー》・星骸の白濁液内に眠る“情報”がアカリを取り戻すための鍵になるという。10年に一度の“孵化”のタイミングを狙い、第一身分《ファウスト》の追っ手をかわしながら星骸に接近するメノウ一行。しかしその前に、最強の神官にして【白】の代行者・異端審問官ミシェルが立ちはだかり――。

新章突入！　吹雪のなか、“星落とし”の幕が開く。彼女が彼女を殺すための物語、廻天の第7巻!!

試読版は
こちら!

試読版は
こちら!

試読版は
こちら!